允许自己是晚开的花

李梦霁 著

江苏凤凰文艺出版社
JIANGSU PHOENIX LITERATURE AND
ART PUBLISHING

图书在版编目（CIP）数据
允许自己是晚开的花 / 李梦霁著. -- 南京 : 江苏凤凰文艺出版社, 2025. 5. -- ISBN 978-7-5594-9495-5
Ⅰ. I267
中国国家版本馆CIP数据核字第20250UH510号

允许自己是晚开的花

李梦霁　著

出 品 人　张国良
策　　划　高瑞贤
责任编辑　耿少萍
责任印制　杨　丹
出版发行　江苏凤凰文艺出版社
　　　　　南京市中央路165号，邮编：210009
网　　址　http://www.jswenyi.com
印　　刷　三河市双升印务有限公司
开　　本　880毫米×1 230毫米　1/32
印　　张　7.75
字　　数　96千字
版　　次　2025年5月第1版
印　　次　2025年5月第1次印刷
书　　号　ISBN 978-7-5594-9495-5
定　　价　52.90元

渡人即渡己，向善即向佛，

我会继续前行，用文字疗愈更多人。

爱自己，爱天地，爱众生。

女性应该学会的，

是永远把自己的感受置顶，

那些伤害你的，

让你感到痛苦的，

应当远离和反抗，

而不是一味自责，一味羞愧。

如果没有独立生活的能力，

没有把自己照顾好的能力，

无论走多远，

回家之后，

你的世界还是一片破碎，

一片废墟。

充分享受每一个此刻，

最大限度地利用时间，

以减轻对过去的遗憾和对未来的焦虑。

如果遇到危险，

一定要往中餐厅、中国百货店里跑，

所有在厄瓜多尔的中国人都会帮你，别怕。

环球旅行，

尽管这一路颠沛流离，饱经风霜，

我却依然感谢当初毅然上路的自己。

爱情是这世上最没有安全感的东西，

偏偏我们所有人都要在爱情里，

寻找安全感。

爱像一杯酒，

我在年纪尚轻时，

已洒掉一大半，

后来不过是不断兑水，

看似仍是满杯，

味道却早已寡淡。

目录

CONTENTS

第二章 夏日走过山间

057

假如你能看见我眼中的你，你就会知道，你能配得上这世间所有的美好。

截枝的橡树

树啊，你已被修剪成什么模样
看起来如此陌生，如此怪诞
你是如何受尽折磨
直至一无所有
只剩不屈
傲然
而我
与你一样
被砍削、摧残
尝遍苦难，历经破碎
所幸，痛楚并未使我崩溃

每一日，我从磨难中破茧

昂首迎着光明

勇往直前

我的内心也曾细腻柔软

却被世界狠狠地嘲笑

但我心安，释然

从容生出新叶

虽饱经风霜

我却依然

深爱着

这个疯狂的世界

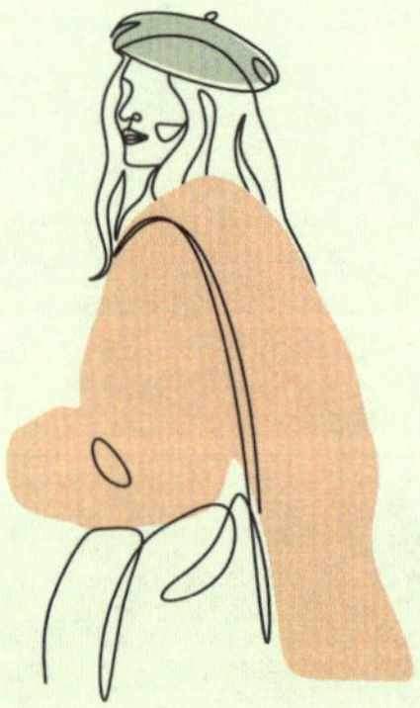

作者：〔德〕赫尔曼·黑塞

译者：张书凡

序：杰立脱俗，自成风景

梦霁出书，起初厚积薄发，迩来势如破竹。

让我写点什么，一时竟无头绪——“停杯投箸不能食，拔剑四顾心茫然”。

思来想去，还是以她幼时父女间的默契涉笔。

01

女儿打小喜欢动漫。

幼年时，我设法为她搞到一套米高梅电影公司制作的长篇喜剧家庭动画《猫和老鼠》光盘，她目不转睛，看得兴味盎然。

《猫和老鼠》号称成人童话，在动漫界标新立异，独领风骚——14次提名、7次斩获奥斯卡金像奖最佳动画短片，成为风靡全球近一个世纪的永恒经典。

7分钟、0对白，情节夸张，想象恣意，颠覆传统，天马行空。

荧屏上不时闪现或耐人寻味或匪夷所思的一幕幕场景，来不及引导，女儿眼波流转，回眸冲我会心一笑。

心有灵犀，语言已多余。

许多过来人感慨“年少不识人生味，看懂已不再年少”，但小小的她似早有所悟。

“此中有真意”，一百多集，她乐此不疲。

中国台湾漫画大家蔡志忠的《三字经》，她手不释卷，又背得头头是道。

按图索骥便知大意，兴致极高。

奶奶看在眼里，直言不忌：“我家孙女天赋异禀，聪明绝顶！”

此非妄言。奶奶可是山西省首批小学高级教师，在当地声名赫赫，她的言论当属“权威鉴定”。

之后女儿开始涉足唐诗宋词，《古代小诗选读》《唐宋词一百首》悄然成了她的枕边书，让我刮目。

她时不时地念念有词：“月出惊山鸟”“孤云独去闲”“起舞弄清影，何似在人间？”“隔户杨柳弱袅袅，恰似十五女儿腰”“流光容易把人抛，红了樱桃，绿了芭蕉”……居然还挺押韵！

豆蔻年华，沉浸在美妙的诗情画意中，“不求甚解”亦自得其乐。

2006年春晚，看了赵本山、宋丹丹和崔永元的小品《说事儿》，女儿彻底被宋丹丹的夸大其词“蛊惑”，从此立下夙愿，将来要举办一场“锣鼓喧天，鞭炮齐鸣，红旗招展，人山人海”的签名售书会。

那年，她12岁。

02

上了高中，我要求她背成语。

成语是汉语的精华，言简意赅，沉淀着厚重的文化，熟练掌握可以丰富语言表达。

找来一个厚厚的笔记本，我在扉页上醒目地写下："一天一条成语，日积月累，成语言大家！"

我每天精选一条生动形象、别具一格的成语，工工整整地抄写在上面，包括注释和例句，让她每晚睡前默记，翌日起床温习，下学回家"交账"。

对成语的臻选，我很挑剔，一丝不苟。

窃以为，"暴殄天物"不及"焚琴煮鹤"优雅，"金榜题名"不及"蟾宫折桂"别致，"鸡飞蛋打"不及"水尽鹅飞"含蓄，"灿若桃花"不及"灼灼其华"诗意，"能说会道"不及"嘴上春风"清新，"望眼欲穿"不及"目断鳞鸿"凝重，"天壤之别"不及"云泥之别"养眼，"一往情深"不及"鹣鲽情深"温馨……

选后者！

"鹣鲽情深"尽管笔画烦琐，鲜为人知，但可触可感，活灵活现。

"鹣"即传说中的比翼鸟，白居易《长恨歌》里说的

“在天愿作比翼鸟”就是它。

这种鸟非常独特，雄鸟只有左翼左目，雌鸟只有右翼右目，“不比不飞”，必须一雄一雌结合才能飞翔。

“鲽”是比目鱼的古称，卢照邻《长安古意》有“得成比目何辞死，愿作鸳鸯不羡仙”的名句。

这种鱼更奇妙，“不比不行”，一定要两条鱼紧贴着对方才能行动。

比翼鸟和比目鱼都是成双成对出现，因此成语“鹣鹣鲽鲽”象征着夫妻之间的相互依存和亲密无间。

“鹣鲽情深”则通过这两种动物的具体形态，比喻人与人之间，特别是恩爱夫妻或情侣之间相依相偎，不可分割的深厚情感。

为增强兴趣，我在选择“蜀犬吠日”时，会把同是柳宗元贡献的成语“粤犬吠雪”放在一起。

词意相近，妙趣横生。

与“蜀犬吠日”相对应的成语，还找到了“吴牛喘月”。

江淮一带的水牛怕热，晚上月亮出来，误以为是太阳，直吓得望月而喘。

异中求同，便于记忆。

为激发联想，我在抄写“风起云涌”时，将反义的“风流云散”并列；抄写“水涨船高”时，又将对立的“水落石出”比肩。

对比记忆，提高效率。

女儿理解我的苦心孤诣，尽管忙碌，背诵成语却雷打不动。

随着高考日渐临近，女儿的课业负担日趋加重。困顿之余，她偶尔也会抱怨：“你让我背的这些成语，大多是考试不考的，有什么用？”

我以庄子哲学回复：“无用之用，方为大用，莫忘初衷。”

她便不吱声了。她懂！

怨归怨，念复念，风景依然。

学习很辛苦，女儿每天起得早睡得晚，往往背诵时睡眼蒙眬，重温时睡眼惺忪，我心生怜惜，几欲罢手。

可她一回到家，脱下疲惫，精神抖擞，成语照样倒背如流。

天天如此，从无懈怠，令我肃然起敬。

两年多时间，800条成语。她得心应手，游刃有余。

然而，高考发挥失常，女儿以一分之差与她心仪的顶尖学府失之交臂，只身去了遥远陌生的岭南广州。

“从此故乡，只有冬夏，再无春秋。”

她在家书中动情地写道：

飞机着陆的一瞬，新生活开始。

我知道，回不去了。回不到童年，回不到那个安放我身心，已然18年的家。

临别，我拥抱爸爸，潸然泪下。望着你们的背影，一点一点变小，我真希望楼梯长一点，再长一点；我可以看得远一点，再远一点。

18年，陪伴我18年的人啊，就这样消失在我的视线里。此去经年，一别半载。

我勉励她：“腹有诗书气自华！无须仰望，不必追星，你自己就是一袭秀丽的风景。”

03

2016年，大学刚毕业，女儿的处女作《一生欠安》出版，一鸣惊人，畅销十余万册。

一时间洛阳纸贵，线上线下脱销，3年内竟全面售罄成绝版。

2023年，女儿力作《允许一切发生》一经上市，即成爆款，在各大平台持续霸榜，累计畅销逾百万。

凭借这两本书，女儿三度荣膺“中国影响力作家”称号。

2024年世界读书日，《人民日报》优选推荐了70本中外好书，涵盖文学、历史、科学、哲学等领域，女儿的《允许一切发生》赫然在目，有幸和余华的《活着》、王小波的《黄金时代》、莫言的《生死疲劳》、钱锺书的《围城》、马尔克斯的《百年孤独》等同列榜单。

媒体点赞：“这本书的文字简练而富有力量，每一句话都能触动人心，引导我们在纷繁复杂的世界中找到自己的节奏和方向。”

知乎推荐："在这个充满焦虑的后疫情时代，作者的感悟像一股暖流激荡在我们心中，让我们重新审视我们的人生，你是否尽力？你是否快乐？"

豆瓣开分：9.2。

同年8月，女儿新书《勇敢的人先享受世界》又入选"探照灯好书"24部人文社科原创佳作。"探照灯书评人好书榜"是专业的华文"评论人和媒体书评人"奖，在业内享有盛名，颇具影响力。

一位德艺双馨的族兄，将女儿的成就擢升至"家族荣耀"的高度，我表面诚惶诚恐，实则甚感欣慰。

时至今日，女儿无论是做客中央人民广播电台、北京文艺广播，还是出席全国各地的读者见面会、新书签售会，锦心绣口，谈吐如流，无不闪烁着成语的灼灼光华。

"风云吐于行间，珠玉生于字里。"

而我们夫妻二人，晨起公园健步，边走边顶针成语接龙，"山鸣谷应，风起水涌"，其乐无穷……

流年似水，无情的距离消减了我同女儿的默契。

不经意间，昔日的一切美好变得惝恍迷离，恍如隔世。

一如顾城的朦胧小诗——

你看我时很远

你看云时很近

…………

父亲 李伟杰

2024 年寒露，于并州

第一章

春日迟迟再出发

将荒诞人生编进幽默里，连带藏起真实的故事与情绪，回忆未必锋利，握紧刀刃却会划伤自己。

远山呼唤我，

我当风雨兼程，

向山走去。

永志不忘，

小姑娘。

远山呼唤我

01

去年，我失业后，曾在寺庙里做过一段时间义工，每天打坐、抄经、洒扫、诵经、听师父讲解佛经、听师父为我们答疑解惑，度过了人生中那段“兵荒马乱”的时光。

在庙里，我很喜欢一个女孩，她皮肤很白、眼睛很大，说话声音很温柔，是让人愿意亲近的人。

她住在我隔壁宿舍。某次打扫寺院时，我们俩被分在同一组擦拭佛台，因而有了更多相识的机会。原来我们还是同乡，于是我们约好，回乡再聚。

后来，我去环游世界了，一直没有机会与她重聚。

我得知她离开了家乡，去那座寺庙所在的城市，租了房，在庙宇的不远处找了份工作，随时能回庙里帮忙。

她跟我说："我决定在这里定居，想要为更多人做更多事。"

我们同龄，我很羡慕她拥有远走他乡、易城生活的勇气，这或许是因为虔诚，或许是为了助人。她是那样好的女孩，我总盼着能与她见面。

某天深夜，她给我发消息交流，快结束时，她说："我从初中起就患上了抑郁症，高中、大学都在治疗，毕业后，心理问题越来越严重。"

我心下一惊。

在我看来，她是聪敏、善良、勤奋、亲和、勇敢的女孩。

大家在一起学习，她总是第一个就学会；若有同伴听不懂，向她求助，她定会仔仔细细、手把手地教。

我们做义工的那些时日，她日日勤勉学习、洒扫，从未偷懒缺勤；她与我素昧平生，却对我一见如故，十分亲近，我们很快成为朋友。

因为喜欢寺庙生活，她打破原有的生活秩序，闯入一个无亲无友的陌生之地，重启人生。

这样的女孩，我想象不到她的内心，正在经历怎样的波澜与煎熬。

读书时，看庆山的文章，她写道："想来我生命中关系密切的男性，包括父亲，好像都有轻度抑郁症，核心是一种封闭和疲惫，我好像被迫面对人世的惨淡。"

当时读罢，想到她，一阵心疼，心疼她一个弱女子，总是不得已地生活在抑郁的人群中间，被迫面对人世的惨淡。

02

可是，我越长大越发现，身边的人，似乎也有抑郁症，只是不知他们病情轻重。

我爱过的男生、知心的闺密、路遇的伙伴、多年的读者，我不下百次地听过“我饱受抑郁症困扰”的吐露。

那些年，我的枕边人待我总是冷淡的，寡言，寡情，不表达，不回应。

我带他去旅行，群山皑皑，绿水妩媚，他却提不起一丝兴致来，总是沉默，总在发呆，或是玩一个简单的手机游戏，两千多关，通关了再从头玩。

后来他干脆不出门了，只我一个人，继续独自上路。

多数时候，他不讲话，只有极少数时候，惜字如金地讲，讲得很慢很慢，仿佛每一个字，都要耗费一番力气才能从嘴边流淌出来。

不见面时，消息也不常回，我发几条，他不见得能回一条，我便懒得再发。

家门口挂着一块小白板，我把要说的话写在上面，他看过就擦掉，如此交流。

他网购了酸奶，我写："快递拆了，在冰箱第二层。"

他家里人打来电话，我写："爷爷来电，让我们周末回家。"

有时，我从食堂打了饭，就写："饭盒里有牛腱子熟肉和炒菜，即热即吃。"

逢年过节，我们单位发粮油米面，我写："单位发的节日礼在橱柜里，周末你把它拿回家。"

那时我以为，世间伴侣皆是如此，相敬如宾，举案齐眉，到底意难平。

我去见心理咨询师，一个高高瘦瘦的女子，眉清目秀，言谈温润。

她问我有什么困扰，我说，我替别人咨询。

她点点头，我便开口："抑郁症已经受到越来越多人的关注，但我很想写一部手记，记录'抑郁症照顾者'的生活，我们本不抑郁，但是日复一日地与他们共同生活，照顾他们，我们并不容易。"

她说："听得出，你很委屈。"

我的泪水才决堤。

03

我说过，我曾是拿着传统剧本的女性，那些年里，我只关注旁人幸不幸福，从没有低头问过自己：我快乐吗？

她说，抑郁是会传染的，如果你生活得这样委屈，甚至痛苦，那说明你没有能力拯救他，你可以试着离开他。

离开的路荆棘密布，我早已写在其他书里，但还好，我摆脱了那段令人窒息的关系。

脱困后，我临时借住在闺密家。

闺密说：“我以前也有过很严重的抑郁症，只是我比较幸运，已经痊愈。”

最严重的时候，她几天不吃一口饭、不喝一滴水、不睡一分钟，只剩下大脑在疯狂思考，反刍所有伤害过自己的人和事，在痛苦的深渊里沉沦，生命已经快熬到油尽灯枯。

本就苗条的她，又瘦了二十斤，被家人强制背到医院，输葡萄糖补充营养，住了半年院，才终于好转。

那么多天，她断水断粮，不眠不休，我感到不可思议，甚至难以置信，知道自己永远无法感同身受。

但我坚信她已痊愈，她还帮我分析前任的言谈举止，她说："当我发病时，我根本说不出一句话，也厌恶一切声音，不要说让我回应你、跟你交流，就是有人在我身旁打电话、看电视、自言自语，我都感到非常痛苦。"

我于是理解了他的冷漠。

后来，我离开了北京，告别了所有故人旧事。

虽然不在同一个城市，闺密仍是我非常亲近的人，我们常发微信联系。

她看到好看的裙子，会给我分享链接；我看直播买到漂亮的手链，也会给她带一条；我们追同一部电视剧和综艺，闲来讨论和吐槽；她大我一岁，在 29 岁那年突然很想嫁人，我给她网罗"天下英豪"，依次排期约见。

突然有一天，她把我删了。

我坐火车赶到北京，去了她家，她是与人合租，室友说她搬走了。

微博、抖音、小红书，我从各个平台搜寻她的踪迹，IP地址在老家，她大约是回去了。

过了大约两年，我从另一个共同好友那里打听到，她某天正在公司上班，突然被救护车接走，住了院，大夫说她得了精神分裂症，后来辗转去了好几家医院，说是误诊，她是重度抑郁症。

我很难过。

那些难熬的日子，我本可以陪她度过，但她却推开了我。

04

她是很善良的女孩，对我总是照顾，也一直鼓励我，她应该要花很大的力气，才能从泥潭里挣扎着站起身，还要对我说很多积极的话，怕我遇人不淑，也陷落泥潭。

她说："你是很好的人，不要因为一时的挫折就怀疑、否定自己。你很有价值，配得上美好的人生。"

她说："遇到让你不痛快的人，要学会反击，对那些伤害过你的人，不要轻易低头，也不要轻易原谅。你聪明、有头脑，能把你从困境里拉出来的，只有你自己。"

她说："生活真的很美好呀，有那么多好吃的餐厅咱们还没吃过，那么多有趣的城市咱们还没去过，将来都要给它们打卡，收入囊中，未来可期！"

在我灰扑扑的时光里，她努力燃烧自己，点亮我，当我走出阴霾，她却没入人海，小舟从此逝，江海寄余生。

她教会我自信自爱、抬头迎敌、热爱生命，可她自己却被生活这个劲敌击垮了。

或许有些人，注定只能在我们的生命中短暂停留，相逢，相识，相离，不念。

在武侠小说《莲花楼》里，云彼丘背叛了挚友李莲花，致使李莲花身中剧毒，险些丧命，从天下第一的武学奇才，沦为武功尽失、寿数将尽的江湖游医。

二人再相见时，云彼丘问李莲花，是否恨过他。

李莲花说："当我有天想起你的时候，突然忘了为何要恨你，过去的那些，已经不重要了。"

云彼丘问："若那些都不重要，又何为重要呢？"

李莲花答："重要的，是以后的日子。"

05

悟以往之不谏，知来者之可追。过去终究已经过去，重要的，是以后的日子。

这句话，也是我在读者见面会上，对一位读者说的。

见面会结束后，他来找我给新书签名，我认出了他，是在我读者群很久的一个周姓读者。

“你是咱们读者群里的周某吗？”我笑着问他。

他戴着口罩，没有看我，也不作声。

散场后，他加了我微信，给我发了好几条消息。

“你记得我，一眼就认出我，我真的很激动，也很感动。

“我今天没有提问，但我其实非常渴望和你交流。

“我从小父母双亡，是一个孤儿，现在做着最普通的工作，地铁安检员，前年查出患了抑郁症，一直在吃药。

“我总觉得身边的人都看不起我，我该怎么办？”

如此看来，他的内心有山呼海啸，表面却是古井无波，过往的遭遇和患病的状态，也令人惋惜。

但我也庆幸，自己认出了他，给他寒冷的生活，留下一些温暖的慰藉。

如果可以当面交流，或许能帮助他打开心结，但他迈不出自己的壳，我也只能隔着屏幕，给他发几段话，与他浅浅沟通。

“亲人的离世不是我们的过失，不必为此感到自卑和自责。缘分浅一点，陪伴便短一点；陪伴久的，也不过数十载，总归要分离。这是老天的事，不怪你，你也无能为力。

“职业没有高低贵贱，我们都是普通人，都没有能力改变世界,只要还在努力生活,就值得尊重,就应该给自己点赞。

“我们不是活给别人看的，别人看不看得起你，是他们的事，没有人能赢得所有人的喜欢，但只要你自己看得起自己，肯定自己的价值，好好过每一天，爱自己，信自己，就足够了。

“过去再怎么悲惨、疼痛、绝望，都已是过去，重要的，是今天往后所有的日子。

“当你凝视深渊时，深渊也在凝视你。不要在痛的苦海里沉沦，不要被深渊吞噬。别放弃，努把力，游上来，我在岸边等你。

“人间难得来一趟，我陪你，争取把‘人间不值得’过成‘人间值得’。”

他没再回复。

但是，假如我能在他前行的道路上，给他带去哪怕一分的力量和一束光芒，也是幸事。

06

做义工时，我问师父，为什么我身边，总会反反复复出现抑郁的人呢？

师父说，人活一世，每个人都有自己的使命，你的使命可能就是帮助这些心灵“被困住”的人走出来吧！

我深信不疑。

从大学起，我开始修习心理学课程，往后多年，不曾离开这个领域，做心理学类的图书编辑，当学校里的心理辅导老师，写观照身心的作品。

写作也好，咨询也好，答读者问也好，或许我可以用一己之力和自身所学，帮助更多人渡过难关。

如果你曾在我的文字里，照见自己，感到温暖，走出深渊，学会爱己，那就是我最有价值的所在。

渡人即渡己，向善即向佛，我会继续前行，用文字疗愈更多人。

爱自己，爱天地，爱众生。

远山呼唤我，我当风雨兼程，向山走去。

永志不忘，小姑娘。

远离无边界感人群，拥抱自由

01

我环球旅行结束后，经常被人问环游世界花了多少钱。

若是这些人是家人朋友倒也罢了，可很多是网上的陌生人，他们只是刷到了我的某条旅行视频，根本不认识我，不了解我。

在我看来，这个问题无异于“我们来聊聊你有多少存款”，拿这么隐私的话题，问一个陌生人，我觉得有点冒昧了。

不过仔细想来，很多人好像不太讲究“隐私”和“边界”。

我离婚后，经常有不熟悉的网友直接问我："你谈恋爱没？"

口吻自然得我以为是我大爷最近换了昵称和头像。

有些人，都不知道自己的孩子谈没谈恋爱，却要对我这样一个陌生人的感情状况了如指掌。

我 19 岁去加拿大，第一堂课学"culture shock"，意为"文化冲突"，老师三令五申："在这里，你们不可以询问他人的隐私，比如是否结婚、薪资多少、有什么宗教信仰，除非对方主动告诉你，否则即便是朋友、邻居、同事，打探这些都会被视为粗鲁的行为。"

那时我总觉得，老外们的交流都很无聊，无非是聊天气、交通、运动，后来才知，这其实是对彼此的一种尊重和保护。

我尊重你的独立性，所以我们只在彼此交集的这一个场域里结交，可能是学校、公司、社区；离开这里，我们互相知之甚少，并不试图去窥探、碾压你心底那些不为人知的角落。

这样的关系更轻盈，也更自由。

但回归日常，婚否、薪资、夫妻关系这些问题，我们每天都在被熟悉、不熟悉的人问到。

在单位，和兄弟部门的领导一年到头也没说过几句话，电梯里偶遇，他自然而然地问："小李，有对象了没？"

回老家过年，路上遇见幼时同学的妈妈，互相辨认都很困难，没想到她张口就是："你现在在北京能挣多少钱啊？"

同事的妈妈从老家来看望她，顺道来我们公司参观，初次见面，她拉着我的手亲切地问："我听说你离婚了，你为啥离啊？"

作为一个靠写故事为生的人，我有旺盛的分享欲和表达欲，不怕丢脸，不吝分享自己难堪或悲伤的过往，但在我主动分享的经历之外，我也需要隐私和空间。

02

心理治疗师内德拉·格洛佛·塔瓦布对人际交往的边界

有这样一些解读。

哪些话语，有可能是对你边界的侵犯呢？

比如："朋友一场""都是亲戚""习惯就好""为了你好""退一步讲""多大点事"……

在我们的生活中，这些话都司空见惯，但如果你总是听到这类词语，就要敲响警钟，很有可能对方要对你的底线发起进攻了。

那么，有哪些困扰，是源于你的界限不清呢？

例如：讨好型人格、回避型依恋、把过度亲密当作社交手段、容易被情感操控和道德绑架缺乏自我关爱、时间管理困难、情绪易受社交媒体影响。

如果你有这些表现，很有可能是因为，你没有建立清晰的界限，让对方侵犯了本属于你的领地；或者你本人，就是那个侵犯他人边界的人。

与此同时，她也为我们提供了一些可以借鉴的话术。

比如，面对亲情，如果父母过多干涉你的情感生活，你可以说：“我知道你们都是为我好，但是感情上的事必须由我自己处理，希望你们不要插手。”

面对爱情，伴侣和你吵架时总是翻旧账，你可以说：“希望你不要再翻旧账了，否则下次我会转移话题。”

面对友情，朋友总是向你抱怨，你可以说：“问题看来很严重，但我也不确定该如何帮你，你想试试和困扰你的那个人谈谈吗？”

在工作中，你可以对总是让你帮忙做事的同事说：“我已经忙不过来了，不能再帮你完成项目了。”

最后，她建议我们：允许自己偶尔成为最新资讯和主流文化的“局外人”，不惧信息错失，防止信息过载。

内德拉说：“没有人会主动揣测你的委屈，当原则不断被人打破，你需要克服内疚、设定界限。设定界限是一件让人恐惧的事情，因为你会害怕失去关系，害怕不被人喜欢。但你必须这样做，因为只有这样，才能获得尊重。”

为了赢得尊重，也为了活得更自由，我们必须学会为自己建立边界，也尊重他人的边界。

03

说回环游世界。即便这与隐私无关，我也无法回答网友的提问："攒够多少钱就可以环游世界？"

因为旅行是一件高度个人化的事，你可以花 200 万，也可以花 20 万，浮动范围极大。

如果你可以接受穷游，坐"红眼航班"经济舱，吃街头快餐，或是住民宿，自己买菜做饭，那么你的日常开销和国内基本没什么区别，根本花不了多少钱；但如果你认为"穷家富路"，去旅行就是要享受，坐头等舱，住高档酒店，吃没吃过的大餐，体验高端海陆空项目，那如果不是财富自由、腰缠万贯，根本无法实现。

我住过 45 元一晚的青旅床位，也住过 20000 元一晚的水屋。

我试过花四位数点一道菜，也曾站在街边啃两角比萨当一顿饭。

在非洲，出租车司机想讹我的钱，我为了 50 元人民币，和他据理力争了近两个小时；也是在非洲，我把随身携带的埃及镑（合人民币约 500 元），都给了一个乞讨的可怜女孩。

我坐过从前只在印度电影里见过的、没有门的火车，人们密密麻麻地挤在过道，半天的车程只要 20 元；也因为腰痛的老毛病犯了，给飞机升舱，花了 12000 元。

我喜欢水，喜欢浮潜，买装备、出海、寻找绝佳海岛目的地，前前后后少说花去十几万；但我心脏不好，对所有高空项目避之不及，没试过跳伞、蹦极、滑翔翼，连热气球都没坐过。

我可以在一个国家待上两个月，只去一座城市，慢慢生活，细细品味；但有人会觉得“来都来了”，一定要把这个国家的所有旅行目的地，一一打卡，这两者的路费必然是天差地别。

每个人想要的旅行方式不同，看重的旅行项目不同，身体条件和喜好也各异，我始终认为，旁人的旅行预算根本没有参考意义。

在相同的境况下，若你是我，你会做出和我相同的选择吗？

我想大概率是不会的，那就没必要打听别人花了多少钱，因为假如你试过，十有八九会说“根本不可能只花这么一点”或者“根本不必花那么多钱”。

我们从小到大，都在接受应试教育的洗礼，喜欢追求确定性，最好有人能告诉我标准答案、精确数据，我可以直接照抄。

但旅行是体验，不是交卷，我热爱旅行很重要的一个原因，是它没有标准答案。

即便我花了最多的冤枉钱，去了最少的目的地，但我开心。

04

对于环球旅行，我想很多人都会认为，是因为没有足够多的钱，所以才不能上路。

但我上路之后发现，我们不能出发的原因太多了，钱只是其中之一。

而你的储蓄，和你的“可支配金额”，往往并不是一回事。

我是一个口袋里有多少钱都敢花的人，因为我相信，即便今天把所有钱都花完，明天我也能再挣回来。

25岁，我在北京买房，从售楼处出来，连回单位的地铁票都买不起了。

但我一点都不怕，我坐着中介的小车回去，想着先花信用卡解决吃饭问题，白天上班，晚上多带一些课，不出一个月，我就能缓过来，到下个月还信用卡的时候，就基本脱困了。

刚毕业时，我每月挣3800元钱的工资，因为合租的房子停电，还有蟑螂，我花2000元在家旁边的五星级酒店住了一晚——这件事被网友疯狂攻击，说我是富二代，过着“何不食肉糜”的生活，根本不可能只有3800元。

但我就是这样一个人，胆子大，敢all in，没有太多的忧患意识和居安思危意识，我总觉得，如果我还在挣钱，为什么会不敢花呢？

我们读书、看电影、听讲座、刷视频、看直播，不都是为了能看到更广泛的人类样本，看到那些“和我不一样”的人吗？

“各美其美，美美与共”，如果因为我和你不同，和你熟识的人不同，就觉得我不可能这样做，全是编故事，编得还不合逻辑，那你就永远活在偏狭里，坐井观天，自以为正义。

于我而言，储蓄金额完全等同于可支配金额，但很多人会想方设法地攒钱，通过储蓄获得安全感，即便存款很多，可支配金额依然稀薄。

我认识一些人每年都要买金条，因为怕打仗；也认识一些人，会把生活所有不必要的开支都削减，克勤克俭地存钱，“以备不时之需”。

人与人的想法不同，性格不同，安全感的来源也不同，所以我说旅行因人而异，无法参考。

假如我说，我环游世界花了 50 万，你一定会认为，我有 500 万，所以花 50 万去环游世界。

但不是的，我有 50 万，我就去环游世界了，回来之后，分文不剩——那就再挣、再花——这才是我的写照。

30 岁，离异，未育，失业，女性，如果你和我同等身份，你有 50 万，会拿去环游世界吗？

钱，只是影响环游世界的其中一个因素，甚至不是最重要的因素。

你是怎样的人，你想要怎样的人生，你真正的梦想是什么，你舍得为梦想投入多少，回答这些问题才更重要。

比起情绪稳定，我更想情绪自由

01

写了几本励志书后，有读者问我，为什么从写传记转向写励志书呢？

早先，我在书里写，我重视隐私，内心的伤痛，对亲近的人都避而不谈，只能用写传记的方式，在他人的故事里流自己的眼泪，杨绛先生称之为“借尸还魂”。

和我相识 8 年的闺密，后来是从我书里，得知了我过去的苦难。

我真的很感谢我的这几本励志书——《允许一切发生》《你只是来体验生命的》《勇敢的人先享受世界》《做人不必太正常》，还有此刻，你正在阅读的这本。

其实我知道，过 10 年后再看，只会觉得此刻的自己稚拙又莽撞，把所有不幸的过往，摊在太阳下晾晒，不过是匹夫之勇。

小红书上，有读者的书评笔记是："这个作者太敢写。"

但是写作，尤其是非虚构、自传体写作，一次又一次地救了我。

罗翔老师说："请你务必一而再，再而三，三而不竭，千次万次，毫不犹豫地救自己于人间水火。"

写作就是这样，一再地拯救我于世间水火，无数次把我从命运的深渊里打捞上来，再把破碎的我，一点一点拼成一个完整的我。

成长，从来不是一蹴而就的，而是一步一步地缓缓发生。

有时，我们看似做出了惊人的、突发的选择，其实背后，是无数次挣扎和忍辱负重后的不得已而为之。

前几天，一个30万粉丝的读书博主推荐我的书，她说："李梦霁也穷过，也经历了很多不好的事情，你们不要以为她环游世界，出书当作家，她就是一帆风顺的。人生路上该吃的苦，她从来没比我们少吃一点。"

02

这些励志书的意义，是记录了我从泥潭里一寸一寸地把自己拔出来的过程。

有人以为，我天然就是独立女性，天生就是不屑于活在他人眼光里、充满松弛感的"大女主"，但其实不然。

从前的我，和千千万万个普通女孩一样，活在别人的舌尖上，活在社会时钟里，怕丢脸，怕掉队，怕不是一个"好女孩"。

旁人觉得，体制内的工作稳定、体面、光鲜，甚至"好嫁”，我就从欣欣向荣的民营头部大公司，转而拥抱稳定，过了好几年“半养老”的日子，那时的心态，也从“我要做行业内的金牌策划人”，变成了计算“端午、中秋、国庆发什么福利”“再熬几年能涨一级公积金”。

因为害怕成为“大龄剩女”，社会时钟催促女孩们在30岁前结婚生子，于是，我在25岁时开始相亲，26岁就不管不顾地和认识了8个月的“条件适宜”的人闪婚。

这两个人生重大决定的失误，恰恰都是因为，20多岁的我，不是一个真正意义上的独立女性，我没有自己独立思考的能力和判断力。

过去的我，一直是听话、懂事、力求让父母省心的“好女孩”，但这样的我，却更容易压抑自己的渴望，活在主流的价值体系里，还甘之如饴。

女性很不容易，人人都说，30岁前结婚是莽撞，但28岁是最佳育龄；35岁心智成熟，但35岁就是大龄产妇。

如果没有自己的思考与判断，我们只能随波逐流，这能带我们所有人，去一个共同的目的地，却不保证途中的你开心和幸福。

我发小当年以优异的成绩考入知名高校，一毕业就回到老家，嫁了一个少说大她 10 岁、发福、有钱的中年男人。

发小每每讲起这件事，都惋惜不已。

但她的婚宴，办得颇为盛大，婚宴视频也在我们同学群里广为流传。令我印象深刻的是，在视频里，她的妈妈只说了一句话："我女儿从小就特别让我们省心，该考学就考学，该嫁人就嫁人，我们从来没有为她多操过心。"

我不了解她，不知道她的选择到底是基于个人喜好，还是倾向于让爸妈放心。

但和她同龄、在同一片土地长大的我，更年轻的时候，也总想让身边的人满意、放心。

读师范、学英语、进体制、嫁土著，这些都是家长和社会认为，女孩该做的事，我一个一个努力实现。

种种原因，婚前我已心生犹豫，但已见过双方家长，担心"不结婚无法收场"，于是领证；婚后不快乐，但我的整个家族里无人离异，若我离了，岂不是“家门不幸”。在这些纠结、隐忍、辗转中，我又拖了两年。

我不是生来反骨，天生敢于挑战权威和世俗，而是被时代和命运，一步步推着向前，终于活出了自由和自爱。

回首过去，写作，原来是陪伴、鼓舞我的最好的帮手。

03

我的几本励志书，主题是“接纳”“勇敢”“抗争”，为了写它们，我开始反思过往的人生，开始厘清束缚住我的头脑和心灵的想法，开始接纳自己“不正确”的想法和做法。

“好女孩”的标签，总想让他人满意的“讨好型人格”，东亚文化对女性“听话”“顺从”的教育，这些对每一个女孩的影响，甚至控制，都是非常深远的。

这使我们没办法成为一个真正的成年人，一个真正拥有“自由之思想、独立之精神”的成年人。

我有一位读者未婚先孕，男方借机不给彩礼，说“你不乐意就别嫁”，而她还要死死缠住这个毫无责任心的男人，认为如果不嫁给他，人生就毁了。

还有另一位读者的丈夫在她孕期出轨、家暴，逼着她离婚，转头就和新欢结婚生子，她不但不痛定思痛，想的却是：“将来我死了，不能和男人合葬，又不能回娘家祖坟，真成了死无葬身之地。”

困住我们的，到底是什么？

即便我们有机会逃离魔窟，却一次又一次跳下火坑。

就像前些年的新闻，被拐女子被解救后，因为已婚已育很难再找到伴侣，又主动回到了大山。

法国作家米兰·昆德拉曾说：“写作，带给人的是那种反一切之常规，从中得到的唯一的欢乐与幸福的感受——向敌手挑战并激怒他们的朋友。”

通过写作，我体验到一种独特的快乐和满足，这种感受源自对传统观念的颠覆和对既定秩序的挑战。

所以，我写下一本又一本励志书，公然反抗一切，反抗我过往人生中的忍气吞声、委曲求全，反抗束缚所有女性的面子、虚荣心、讨好型人格、社会规训，我想让每一个女孩知道，你是你自己，不为任何人活着。

我父母都是知识分子，一生淡泊，但求“体面”二字。

我清楚地记得，给我办婚礼时，父母从大门口走到舞台中央，一条路，20 米，两人手牵手，小心翼翼地走、如履薄冰地走，生怕步态不佳，生怕闹了笑话。哪怕前一天，他们已经排练了无数次。

短短 20 米，是他们一生的写照，一辈子谨小慎微，怕人笑话。

当时，望着两人的背影，我对自己说，这段婚姻再苦再难，我也要咽下去、忍下去，不能离，不能让他们因为我失了面子。

我想，很多“懂事”的小孩都能理解，我们背负了太多，不是真正为自己活着，而是为很多虚无缥缈的东西活着，比如“父母的颜面”。

但随着一篇又一篇文章写完，毫不夸张地说，我得救了。

我发现，我可以反抗那些虚无的东西，也有力量过我喜欢的人生，我有选择、有自由，有爱自己的权利，能为自己做决定。

我可以怎么开心怎么活，因为这是我的人生。

比起情绪稳定，我更想情绪自由，甚至不止情绪自由，而是选择自由、人生自由。

古人说“家丑不外扬”，离婚时，前夫还试图跟我签保密协议，但我把很多实际情况都“戳破”了，坦陈出来，哪怕亲朋好友都觉得丢人。

从前，这些羞耻也长在我身上，因为怕丢人，我做了很多不喜欢的事。

但真正写出来后，我不怕了。

没有什么能困住我，我终于自由了。

04

我们身上背负着许多枷锁，不是一朝一夕能卸下来的，有些归根结底，根植于五千年的文化土壤，生长在我们的血脉里。

但只要向前走，我们总能摆脱这些枷锁，我把我摆脱枷锁的过程记录下来，写给和我一样正在经历这些的你，我想大约是有意义的。

我现在过得很轻松，没人能主宰我的人生了，我也不管别人希望我过上怎样的生活。

未来，我可能会在不同的国家和城市短暂居住，我开始觉得，不上班也行，不在同一个城市交社保也没关系，不结婚、不生子也可以。

别人以为，我一直如此，是随性的、洒脱的、富有的女子。

非也。

我也有过循规蹈矩、屡战屡败、默默忍受的时候，也曾是“妈宝女”，是听话的、乖巧的、拼命努力只为获得一点称赞的小孩。

这些励志书，是一个传统女性，慢慢活出自己的故事。

在此，也想和大家分享，我写作20年的一点心得。

以我自身经验来看，写作，作为一种多维度的技能和艺术形式，能为我们带来许多好处。

首先，写作是记录和记忆。

很多时候，我们疲于奔命，日子会变成“过一天算一天”，麻木度日，但逝者如斯，不舍昼夜，时光无法倒流，虚度的日子也不能从头来过。

人不是活一生，而是活在无数个重要的瞬间。

写下来，可以帮我们记录疲惫生活里，重要的时刻和经历，留住日常的点滴记忆，而我们每个人的生活，又构成了这个大时代，后人观之、鉴之，或许不经意间，我们就记录了历史。

正如美国科幻小说家雷·布雷德伯里说:“我想，一个人应该为自己生活的时代做点什么，难道不是这样吗?”

其次，是反思和疗愈。

写作是一种内观的行为，是自我反思，自我对话。通过文字，你可以更清楚自己的想法，更明白自己的喜恶，了解自己的情绪波动、内心世界和个性特征。

“认识你自己”是很难的，写作，却能让你渐渐听见自己内心的声音。

世界一片喧哗，静下来，听听自己的心声，是必要的。

而当我们不再忽视自己的内心，倾听它，在意它，尊重它，释放它，就可以达到一种疗愈，帮助我们排遣不良情绪和压力，甚至能疗愈心理创伤。

过去，许多难过的事，我写下来，依然没有解法，但写下来之后，我的不甘和愤怒就平息了，自然而然地痊愈了，然后我继续轻装上阵。

再次，是共情和批判。

因为写作，我结识了更多的人，明白了“众生皆苦”，在我与他人的故事里，愈发修得一颗悲悯心，学会了共情。

与此相反，我也开始批判性地反抗所有“理所应当”，反抗那些加诸我身的负累，渐渐活得更轻盈。

最后，是分享和启发。

当我的书卖出100万册，影响到更多人，有越来越多的读者对我说“你的书拯救了我”“你的书改变了我”时，我想写作的最高价值便在此：传播有价值的知识和启发性的观点，分享成功的经验，从而影响他人，助人，渡人。

每一本书都会找到自己的读者，而通过写作，你也会找到与你同频的人。

05

光说不练不行，再给大家分享几种我颇感受益的写作方法。

1. 自由写作

离开高中，我们不需要再写命题作文了，你可以每天花十五分钟，把今天想写的任何内容都写下来，记录日常活动、感受和思考。

不一定是日记，也可以是摘抄，没有格式、体裁、内容的限制，自由地写，自由地表达，不受限制地写下脑海中的想法和感受。长此以往，你会爱上这种把内心所想流淌在笔尖的感受，也有助于释放情绪，自我觉察。

在电视剧《我的阿勒泰》里，作家刘海波告诉李文秀：“你可以试着从自己的生活写起，去爱、去生活、去受伤。”

生活就是我们最好的写作素材。

2. 情绪日记

很多人对自己情绪的起伏没有觉察，写情绪日记，对调节心理压力很有意义。

第一步，你要学习和使用丰富的情绪词汇，才能更准确地描述和理解自己的感受，给自己的感觉命名，观察它到底

是“失望”还是“委屈”，抑或“紧张”。（详见附录：情绪词汇 500 词）

这些负面情绪升起时，去觉察它、理解它，才能最终释放它，否则，它会一直卡在我们心里。时间长了，情绪垃圾堆满了，就容易抑郁。

情绪日记，可以帮我们记录情绪的来去，尤其是给我们带来巨大震荡的情绪，比如屈辱、痛恨、盛怒，描述它的起因、过程和影响，允许、接纳它们的到来，然后静静地感受，安抚自己，关爱自己，等待它们慢慢散去。

3. 角色扮演

尝试从不同角色或视角写作，探索他们可能的想法和感受，有助于你更全面地理解问题。

我以前写传记，就是把自己代入当事人视角，这是一种很奇妙的感受，仿佛经历了他们的一生，也更能理解他人，诚觉世事皆可原谅。

4. 信件写作

把写作的时间维度拉长，变成 5 年、10 年、20 年，然后写一封信，给未来的自己或过去的自己，你会发现，在不断地期望与复盘中，你已然变成了自己喜欢的样子。

5. 感恩日记

每天写下一件或几件你感激的事，比如“感谢妈妈帮我做了可口的饭菜”“感谢今天天气晴好，艳阳高照，可以骑车上下班”“感谢老板让我提前下班接孩子”，哪怕是很小很小的事，记录下来，不要把它们当成理所当然，在感恩中，你会越来越积极、阳光、喜悦。

6. 梦境记录

作家韩寒以前分享过自己写作的“独门秘籍”，在枕头边放一个小本，睡醒后立即记录自己做过的梦。

即便不以当作家为目标，记录梦境也有助于我们了解自己。

心理学家弗洛伊德的《梦的解析》告诉我们：“梦是一

个人与自己内心的真实对话，是自己向自己学习的过程，是另外一次与自己息息相关的人生。而在隐秘的梦境里，你所看见、感觉到的一切呼吸、眼泪、痛苦以及欢乐，都有意义，它们是通往潜意识的捷径。”

例如：如果你的梦境非常紧迫、危机重重，可以看出你最近压力很大，亟须排解；而如果你反复梦到同一个人，说明你还有未了的心愿，需要和他沟通。

以上，都是我亲测有效的写作方法。通过这些练习，你可以不断自我觉察和反思，更深入地了解自己的内心世界，同时提升写作能力，实现个人成长。

愿我们经由写作，一起奔向更大、更广阔、更自由的世界。

我绝对而完全地主持着我

01

我离婚后的两年间，经常被人言辞暧昧地询问“打不打算再婚”。

最荒诞的，是一位从《一生欠安》开始，跟随了我近10年的老读者，多年没有联系，突然上线，先是“关切”我环游世界的行程、花费、谁给我拍照，然后话锋一转：“我最近也跟我老婆分居呢，估计要离婚。”

他是我最早期的读者，和我加微信许多年了，是比我年长十几岁的大哥，是“看着我长大”的那一拨读者，对这些人，我常怀感念。

我以为他是生活不顺，向我吐槽，便安慰他：“谁的婚姻不是磕磕绊绊，没有原则性问题还是多沟通吧，争取解决问题。离婚没有想象中容易，离异人士获得的也不只是自由。”不到万不得已，我还是劝和。

“我和她根本没有共同语言，年轻的时候，她长得漂亮，我有点资产，就结婚了。结果生了孩子，她每天不修边幅，我炒股也亏了不少钱，在一起更没话说了。其实我和她一直都是异地，十多年了，她在武汉，我在深圳，见面的机会本来也不多，现在更没有继续的必要了。”大哥言辞恳切。

听他的意思，已经决定要离婚了，那我就没必要再劝，便说：“要是实在过不下去，也只能离了。不过，你无论和谁结婚，人都会变，所有女性都会变老，照顾老人、孩子本来就很辛苦，你还是要想清楚孰轻孰重吧。”

没想到，他突然问了一句：“我离婚以后，咱俩能携手相伴余生吗？”

我大为震惊。

他接着说："咱俩是一类人，肯定有很多共同语言。我虽然炒股失败亏了一些钱，但我脑子非常聪明，正是应了那句话，淹死的都是会游泳的，我的判断力、洞察力、反应力都是惊人的。咱们两个人，下半程，牵着手，一起走，岂不妙哉？"

"我和你不是一类人，我不觉得自己非常聪明，也不自恋。"他说的话，已让我很反感了。

"与我的聪明才智相比，我说我非常聪明根本不是自恋，而是和你一样，太低调！等你嫁给我就知道了。我知道，你现在的日子肯定不好过，我也不嫌弃你离异，咱俩携手相伴，肯定能把日子过好。"大哥还在竭尽全力地毛遂自荐。

我没再回复，果断删除了他。

我算是明白了，这个大哥，和我素未谋面，根本称不上了解我，更不可能真心实意地"喜欢"我，且他自己还没离婚，是在骑驴找马呢。

他竟还如此狂妄自大，觉得我嫁给他，就能走出"悲惨人生”，开启幸福新篇章，真是尽显油腻、“普信”。

他也并不尊重我，反而对我有一种居高临下、自以为是的揣度，觉得我大龄、离异、未育，一定过不好自己的日子，孤苦伶仃，无枝可依，等待有人前来拯救。

他以为我像在苦海里泅渡的、浑身湿漉漉的人，他只要伸手，我必会回应。

02

这件事看似荒谬，却不是孤例。

在我离婚后，在微博私信、抖音私信、公众号后台常收到表白信。

我每次都礼貌地回复：承蒙厚爱，但抱歉，我目前没有婚恋、育儿计划。

一开始，我天真地以为，时代在变好，离异女性并不像从前那样受到歧视，反而会有许多异性向我们示好、示爱，甚至收获比未婚时更多的好感。

但时间久了，次数多了，我开始存疑。

这些人从来没有见过我，有些甚至根本不是我的读者，没看过我的书和文章，只是偶然得知我离婚的消息，就来“有枣没枣打一竿子”。

真正喜欢你的人，会花心思了解你的喜好，也会更谨慎地评估自己和你是否相配、是否合适，还会在脑海中规划长久的未来。

爱是克制，而不是翻几张你的照片，就头脑一热，迅速表白。

会不会有这样一种可能性：在他们眼里，作为离异女性，我已经没有资格，去设置“我喜欢什么样的人”的标准，他们才不管我喜欢什么人，以为有人还愿意爱我，我自当欣喜、接受、感恩。

那些大量涌现的路人表白者，是否只因我离异，就想当然地认为我有更高的“可得性”——这会不会是另一种形式的歧视？

后来我发现，许多强势、冒进、攻城略地般的“雷霆表白”背后，多少暗含了一些轻蔑。

从前读书时，有一个和我关系很好的男孩，待我也不错，我原本有些许情愫暗生。

不巧，我还认识他的一个男性朋友，某次聚会时，他说漏了嘴：“你和某某是不是谈恋爱了？他可跟我们放话了，说一个月之内必须把你拿下。”

我心思敏感，心气又高，一听这话，与那个男孩迅速退回到普通同学的位置，再没下文。

对那些君临天下、豪气干云、要“拿下”的人，我已是唯恐避之不及。

我喜欢怎样的人，越长大越清楚，小时候或许喜欢过那些“我不要你觉得，我要我觉得”的大男子，但如今，若是有人这样对我讲话，我只想离他远点。

《女性主义宣言》里写道：**“女性主义并非为了让女性变得更强大，女性本身就够强大了，女性主义是为了改变世界对女性力量的固有认知。”**

03

前段时间，看了一部古装偶像剧，女主角周旋在四个男生之间，其中两位呼声最高——一个是亦正亦邪的九命妖怪，一个是一往情深的世家公子。

观众看剧，自是知道九命妖怪对女主角情根深种，不惜折损自己的两条性命，救了女主角两次。

但对女主角而言，他是第一次见面就打了她四十板子，把她打得血肉模糊，每次见面都要吸她血疗伤的妖怪；她躺在树上睡觉，他把树枝打断，让她跌得腰酸背痛；她在躺椅上看月亮，他二话不说把椅子掀翻。

他说：“我对你根本没有心，何来放心一说？”

他还说：“除了会下毒，你这个人简直一无是处。”

观众给他起外号叫“嘴硬妖怪”，明明爱惨了，却要从身体到心理虐待她。

另一位世家公子，始终深情款款，在遭受非人的折磨后，被素昧平生的女主角救回来，浑身上下缠满绷带，但他睁开眼，看到女主角趴在自己床边，生怕烛台滴下的蜡，滴到女主角脸上，就用裹着绷带的手去接烛泪，直到绷带之外又裹了一层蜡。

从始至终，世家公子对女主角温柔相待，他说：**“但凡我有，你皆可拿去，若我没有的，我帮你去寻。”**

他还说：“我想让你回头就能看到我，不想让你觉得离别是一个人的路。”

若换作我，断然不会选择九命妖怪。

从相遇之初，他一直在攻击女孩，虽然后来爱上她，又舍命救了她，但世道已经够寒凉了，若枕边人都不能温情善待，未免太凄惨了些。

命运以痛吻我，我无可奈何；爱人以痛吻我，我好走不送。

或许是我年纪大了，不喜欢那些捉弄、受虐、跌宕、猜心，我认为，得遇一人，内核稳定、温言以对、长久爱我，

才是更踏实和静好的人生。

而对“虐恋”的歌颂和向往，总使我不禁担心。

担心女孩们在生活里，面对男生的冷漠绝情，猜测“他一定有苦衷”；面对打压诋毁，劝慰自己“他只是嘴硬，心口不一”；面对背叛伤害，自欺欺人地解读成“不会再有下次了，他最爱的人永远是我”。

抛开剧作不谈，回归生活，事实是，**那些敢于伤害你、忍心伤害你的人，大概率根本没那么爱你。**

04

另有一部现代剧，也如出一辙。

在女主角身边，前前后后出现过四个男性，初恋是比她年长几岁的职场精英，人长得帅，家境优渥，会说法语，是非常得体的绅士。

相恋时，女孩是刚进职场的毕业生，男生已算是成功人士，向公司申请调回法国总部，两人被迫开始异国恋；在法国，他明明在和同事喝酒，接起女生的电话，自然而然地撒谎说在公司加班。

面对女生的每一次质问，他都说“我很忙，在开会，没有时间跟你吵架”“你别再任性了，不要再无理取闹了”“我是男人，我应该考虑自己的工作和前途”……甚至决绝地挂掉电话，直接关机。

很明显，在这段关系里，两人完全不平等。

他不尊重女生，也没有把她放在自己“人生伴侣”的位置上。

在他心里，他可以随时挂电话，不必平等地和她沟通；要等到他忙完了，有空时，才能来哄她；她更没资格对自己的工作、交友、前途提出异议。

而他因为年长几岁，手握资源，就可以理所当然地对女孩提出：“以后你来法国生活。”

此人绝非良配，他们不是互相平视、彼此欣赏、各自人格独立以及接纳对方独立性的个体。

女主角与他决然分手，简直大快人心。

可是当剧情推进，人们看到男人为了女主角终身不娶，并且女孩后来所托非人，又会觉得初恋也不错，还有观众暗暗期待两人复合。

我以前写过一句话，人只能被伤害一次。

那些伤害过你的人，若你没有远离，他就会不断伤害你。因为伤害你没有成本、没有代价，得寸进尺的人总是很多。

我想，如果女主角心软，和初恋情人复合，再来一次，她也未必能获得他的尊重。说不定他还会觉得，自己是她无路可退的选择，反而变本加厉地主宰这段关系。

过往的经历告诉我，若有人踩了你的底线，你退了一步，不追着踩上来的人，是很少的。

你能做的，是在有人冒犯你的底线时，第一时间使他停下，然后无论如何，想办法远离他。

古时，唐代著名诗僧寒山子，问禅师拾得："世间有人谤我、欺我、辱我、笑我、轻我、贱我、恶我、骗我，该如何处之乎？”

拾得答道：“只需忍他、让他、由他、避他、耐他、敬他、不要理他，再待几年，你且看他。”

世间轻慢、诽谤总归存在，我亦受着。

但你应该过一个由你自己说了算的人生，不要低头、不要妥协、不要迁就，像剧里的女主角说的那样：“我绝对而完全地主持着我。”

第二章

夏日走过山间

假如你能看见我眼中的你，你就会知道，你能配得上这世间所有的美好。

爱像一杯酒，

我在年纪尚轻时，

已洒掉一大半，

后来不过是不断兑水，

看似仍是满杯，

味道却早已寡淡。

面对风暴，飞越风暴

环游世界听起来很酷，不用上班，不必承受职场中的一切压力，是放下眼前的苟且，追寻远方和诗。

但当我真正踏上旅途，开始为期近一年的全球旅行，才知道，远方也不全是好风景。

有人的地方就有江湖，我只是从一个熟悉的、成员固定的江湖，闯入了另一个陌生而变幻莫测的江湖。

人在江湖，该有的斗争、对抗、算计、隐忍，一点都不会少。

在此，与诸君分享几件我在环球旅行途中遇见的“江湖奇事”。

01

从新西兰飞往美国时，我在海岛塔希提中转，乘坐的飞机来自塔希提航空公司。

海岛塔希提被誉为“世界顶级海岛”，海水澄澈，风景如画，称之为人间仙境也不为过。

这里的人们非常友好，尽管我只是匆匆中转，依然在下飞机时，受到热情的接待，欣赏到独具特色的波利尼西亚歌舞表演。

相传，18 世纪，当法国人开着坚船利炮来到塔希提时，这里的土著人并没有与之爆发激烈的冲突，相反，他们认为法国人非常高贵。

而此时的殖民者，对待原住民，也已不像早期的西班牙、葡萄牙那样赶尽杀绝，大工业时代带来的压抑情绪，在天边的浪漫海岛得到缓解。在法国人眼中，这里是“离天堂最近的地方”。

在法国人看来，这些土著人“热情而顺从”，是真正的“高贵”：他们拥有灿烂的文明，却对金钱没有追求；满足基本的生存需求后，就整天唱歌跳舞、追逐异性、游泳晒太阳；他们赤身裸体，行动优雅，身体健康，对自己的生活方式满意且自信。

同时，他们也渴望了解海那边的生活，对没有先进的工具感到自卑。大约是彼此都觉得对方拥有珍贵的东西，因而这里能够长期维持殖民状态。

可是，在这样善良友好的土地上空，我却遭遇了前所未有的恶意。

服务我的空乘是一位 35 岁左右的白人男性，寸头，非常俊朗帅气，像美剧《我们这一天》里，饰演凯文的男明星一样好看。

貌美的人总会让人第一印象很好，由此生出这人一定也很好的偏见。

我坐在靠过道的位置。每次他来送饮料，都冷着一张脸，反复询问我多次，仿佛我说的英语非常蹩脚，但是对我身旁的白人夫妇，他总是微笑着和他们对话。

起初，我没有觉察出异样，而是耐心地重复，笑着回答；去洗手间时，路过他，我也会对他报以礼貌的微笑。但他的回应，仍是面无表情，一副冷脸，十分粗鲁。

这时我才感觉到，他大约不喜欢我，不过这也没什么，毕竟萍水相逢，我也没必要赢得他的喜欢。

02

一夜过去，第二天早餐时，我还在梦里，就被人使劲推醒了。

我睡眼惺忪地望着他，他死死盯着我，问我要吃什么。

有意思的是，我并不是第一排，前排还没有拿到早饭，他竟然从所有人里第一个摇醒我，大声地询问。

我一时有些愣神，看了一眼餐车，他仿佛知道我要扭头查看，更加大声地说：“不要看那里，所有的食物都在盒子里，你什么都看不到。你只需要看着我的眼睛，尽快告诉我，你想吃什么。”

在我犹豫时，他没有展示出一个空乘人员应有的耐心，而是极其不耐烦。

好不容易选好了早餐，我提出想要一个空杯子，因为我保温杯里的水有点烫，我想倒出来喝。

这个请求使他非常震惊：“你要空杯子？”

“是的。”

“里面什么都不要？”

“对。”

“你确定吗？你知道你在说什么吗？”

我无奈地冷笑：“空杯子，什么都不要，可以吗？合法吗？

我说的是英语吗？”

他见我态度变差了，悻悻地甩给我一个空杯子，然后推着餐车去第一排，重新按照顺序供餐。

我长吁一口气，事已至此，先吃饭吧。

03

就餐结束，我将餐盘妥善收好，把所有垃圾都装在垃圾袋里，封好口，递给他。

我虽然不怕他，但也不想惹他，只求平安降落就好。

但当他收餐时，却小声而严厉地质问我：“天哪！你为什么要搞得一团糟！”

“Pardon？（对不起，请再说一遍）”我看向他。

我甚至怀疑我听错了，我明明把所有的垃圾都收好了。但即便我搞得一团糟，他身为空乘，也无权这样批评乘客吧。

他没有理我，动作粗鲁地在我身旁收拾整个餐车，这个行为原本应该在机舱末尾，没有乘客的区域进行。

他噼里啪啦地收拾，在我身边停留了十分钟，汤汁溅到我脸上，而没有任何抱歉。

在我与他没有任何冲撞时，他这样粗鲁地对待我，我有理由怀疑，我遇到了种族歧视。

落地后，我第一时间给航空公司写了投诉信。

致塔希提航空公司：

我对塔希提印象很好，这是一片热情似火的土地，令人神往。

但是，航班上有这样的空乘人员是不幸的，对于航空公司乃至塔希提整片土地都是不幸的。他会使人们失去对这里的信心，不愿再次前往。

作为一名服务行业的从业者，他不懂得礼貌、尊重、平等，更不要说耐心、助人、以顾客为上帝，这样的人并不适合从事服务行业。

我们不应该为自己天生的肤色而感到羞愧，更不应该在遭受歧视时保持沉默。

他今天会这样对我，我若沉默，他将来也会这样对待你——他的同事、邻里、同胞。这件事应该作为一个警示，而不是一次放过和纵容。

我是一名来自礼仪之邦中国的作家，在中国受到的教育是温良恭俭让、知书而达理、明礼而立身，我不认为我的文明应当使我遭受这些。

我已走遍世界，却从未遇到如此糟糕的空乘人员。他或许喝醉了，但我需要你们给我一个合理的解释，请严肃对待。

我实名投诉。我的护照号码是……

遗憾的是，截至本书出版，事情过去已有半年，我仍未收到来自航空公司的只言片语。

“小朋友要换着当”，

两人要交替着付出和得到，

你敬我一尺，我敬你一丈，

关系才能长久；

而非只有一方得利，

得寸进尺，永无餍足。

保持热爱，奔赴山海

01

我很喜欢《山海经》，2017 年，我第一本书大卖，本该乘胜追击，继续写传记，但我因为喜爱《山海经》，就去写奇幻故事了。

我喜欢的英国女作家弗吉尼亚·伍尔夫说：“一个人能使自己成为自己，比什么都重要。”

如何用读一本书的时间，重返上古中华一切神话、传说与文明的源头，游历《山海经》中的蛮荒世界？

我很想写这样一个故事。

于是，我查了很多资料，请教了几个编剧老师，终于写成了一篇八万字的小说，还很幸运地出版了，虽然没有赚到稿费，但也完成了自己写小说的心愿。

那本书是我用笔名写的，没有任何营销宣传，竟也卖了五六千册，算是没给出版社赔本。

如今版权到期，并且此时我又成了全职作家，时间充足，我很想把它重塑、填充，变成一个更广阔的小说。在此给读者稍加预告和分享，如果大家喜欢，我会着手开始这部小说的创作工作。

《山海经》是一部先秦古书，记载了四海八荒的奇珍异兽，在我的演绎下，它们变成了青丘人面鱼身、结泪成珠的鲛人，青城山下苦等千年的青蛇，一年一度河祭时索取进献少女的冰夷（河伯），所过之处寸草不生的大漠旱魃，大战蚩尤的战神应龙……而在它们身后，竟还藏着一个关于天下苍生的秘密。

我去西北很多次，还在兰州生活过一段时间，对西北有一种难以言喻的深情，所以我写下这个故事，把故事最初发生地设在敦煌。

故事内容是这样设想的：

一个大学女生痴迷壁画，天赋异禀，学习壁画专业，对才华横溢的学长十分倾慕。

大四毕业采风时，学长在敦煌的一个小洞窟里，找到了心中最美的壁画，为此，他毅然放弃设计院的工作机会，开始寻访全国各地洞窟，修复壁画。

在众多色彩斑斓、珍贵无比的壁画中，最神秘的便是《山海经》。

女生与学长约定，等她毕业，就跟随学长的脚步，去祖国各地修复壁画，可惜还没等到毕业，学长竟然失踪了。

女生不顾一切地开始寻找学长，在敦煌，她发现了学长留下的一本笔记，记录了学长的行踪和修复手记，她跟随那本笔记，走遍了全国，竟意外打开了笔记的开关，穿越回战国时期，也就是《山海经》诞生之时……

那时，他们所有人都是《山海经》中的人，各有各的爱恨情仇，各有各的恩怨纠葛。

在跌跌撞撞的时光里，所有离别的时辰都藏着重逢的理由，三生三世，该遇见的人，一个也散不了。

我想用文字，演绎轮回千年的刻骨爱恋，为华夏上古奇书《山海经》，赋予另一种想象。

02

鲁迅先生说：“中国并无含有神话的大著作；其零星的神话，现在也还没有集录为专书的。我们要寻求，只可从古书上得到一点，而这种古书最重要的，便推《山海经》。”

作家贾平凹也说：“《山海经》特别有意思，当你详细分析每一个字的时候，会发现中国人的思维、中国人文化的源头都在《山海经》。”

这是《山海经》的迷人之处，它是中华文化的源头，是上古神话的丰碑，是中国传统文化中极其重要与辉煌的一笔，这也是我喜爱它的缘故。

在弘扬文化自信的今天，重读《山海经》也有强烈的历史与现实意义。

当时有读者问，为什么会写这个故事。

我想，在这个人们普遍焦虑的时代，我们没有时间去想象，没有时间去作诗，甚至没有时间去做梦。

但我们又确实需要一种远大的、轻松的、无功利的精神生活，《山海经》就是如此，它潜移默化地告诉你中国人长久以来是这样想问题的，也能让你从日常的精神压力中走出来，短暂地休息一下。

你会发现，还有这样一种生活方式，还有这样一种想象的思维方式。慢慢地，你就不会被世俗的更紧张的生活所击垮。

甚至你会改变自己，慢慢地培养出不一样的品质，能够超越性地看问题，去想象一些解决方案；它也能帮你找到心灵寄托，找到更加安稳和宁静的地方，更加终极的地方。

用天马行空的想象，重塑我们的文化记忆，这些改变，就是文化的力量。

03

在读书平台的读者评论区，读者大都不认识我，也不知道我从前的作品，因此许多评论非常中肯。

比如，有人说："看起来结局写得有些仓促了，更像是故事大纲，血肉还差点意思。"

我写这本书时，确实时间紧、任务重，对长篇小说的把控也欠火候，需要修改完善的地方还有很多。

也有人评论道："本书以《山海经》为主线，用精彩奇幻的故事贯穿古今，既描绘了爱情在世间的多种模样，又不乏对人性的洞察和警醒，文风古朴简洁，有古龙遗风，故事环环相扣，读来令人手不释卷。期待它拍成电视剧。"

这样的评论，又给了我很多鼓舞和力量，让我有勇气，重新出发，保持热爱，奔赴山海，续写这部关于《山海经》的冒险奇遇，探寻埋藏千年的救赎与爱。

喜欢和合适，我没有答案

01

最近有个关系不错的朋友，给我发消息：“人生真的没意思，我这个号算是练废了。”

“号练废了”，不是说游戏，是说他自己。

在我看来，这是非常严重的一句话。

我们才 30 岁，人生才行进了三分之一，多的是没见过的风景、没完成的梦想、没经历的奇遇，怎么能早早下结论，认为自己“练废”了呢？

而他，是我认识的人里，最优秀的男生之一。

原生家庭中产偏上，读书时代一路当学霸，从重点中学，到知名985高校本科，大三时争取到稀有的美国交换生名额，最终被全球排名前五十的学校录取。

研究生毕业后，他留在美国，进入高新技术行业，年薪80万，只需远程办公，免于通勤之苦，过几年就能拿到绿卡——这样的人生，无论从哪个角度看都是赢家，却为何会痛苦？

苦来自婚姻。

23岁时，他和女友恋爱，24岁两人同居，26岁他们买房结婚，如今已有四年婚龄。

女友与他各方面都很匹配。

一线城市小康家庭独生女，在国内排名前三的高校读完本科，读研时两人同系且同班，在异国他乡彼此陪伴，度过了一段温暖岁月。

他也认为，这是和他最相配的女孩，换任何一个人，都不会比现在的妻子更合适。但现在，他不快乐。

02

我另一个朋友，是出身书香门第的大小姐，从小爱读书，又长得漂亮，上大学时谈了男朋友，全系的男生都好奇地到她男友宿舍围观，看看是谁追到了“系花”。

大小姐可不是脑袋空空的花瓶。

她大二开始创业，十几年前，校内快递业务尚不发达，快件都在固定收发点，不许进校园，她于是承包了“代取快递，送货上门”的服务，薄利多销，积少成多，挣了不少钱。后来她又做淘宝代买，成为阿里最早一批的校园代理商，虽然辛苦，但她 20 岁就经济独立，还买了车。

本科毕业后她被保研，研究生毕业进出版社工作，工作不忙，她下了班又醉心于副业，起初开淘宝店卖货，后来做读书博主赚佣金，中途还开过一阵子滴滴网约车。人聪明，读书多，脑筋好，肯吃苦，她早早在北京买了大房子，买了高档车，积蓄也有七位数。

她喜欢首饰，五位数的镯子，一个月买一个，每次珠光宝气地来见我，我都自惭形秽。

前年，她谈了一个新男友，大她一轮，初中学历，离异，有两个孩子，大儿子在读高三。

男友的气场十分强大，与我们见面，谁都得称他一句“大哥”。

最初，无人看好这段感情，我们以为只是大小姐的一时兴起，没想到两人风风雨雨竟谈了三年，感情依然很好，彼此认定了对方是相伴余生的人。

他们俩是我见过的最不“合适”的情侣。

两人在年龄、学历、家世、行业等方面，无不天差地别，但他们在一起，却是发自内心的幸福。

喜欢和合适，我没有答案。

03

说回“号练废了”的男生，从他为数不多的吐槽里，我能隐隐感受到一些问题。

比如，他原本只想出国读研，硕士毕业就回国，并未打算移民。毕业前，他已经通过了北京一家大型国企的笔试和面试，只等回国体检，就光荣上岗。

不料此时，女友突然接到了一家本地公司的录取通知，她欣然接受，留在异国，而他只能为她改变了人生航向，急急忙忙投简历。

因为找工作起步晚，没规划，原本能找到更好的工作，却只能先进入一家中小企业，和他同专业、差不多起点的男生，薪资是他的两倍，他耿耿于怀，难过了好一阵。

两人同龄，26 岁时，女方家里催婚催得厉害，女友认为结婚必须先买房，于是两人开始物色房产。

他家庭条件优渥，出门一向选择五星级高档酒店，买房自是舒适第一，价格第二。但女生为人节俭，总想着能省则省，相中了一个五十平方米的小房子，非买不可。

入住后他才发现，这个房间根本没有朝南的窗户，常年没有阳光照射，而他每日居家办公，简直是“暗无天日”。

我环球旅行时，顺路去拜访他们，已是初夏，他却还穿着羽绒服，因为屋里采光不好，实在太冷。

疫情之后，他们终于回国休假，却一直住在女方家里，因为女生想念爸妈，他只匆匆见了自己爸妈一面，就一直待在她的城市，还要时时恭听老丈人的训话。

婚后，女生有了外派的机会，她迅速赴任，在另一个国家独自生活了一年。每个月，他坐着飞机来看她，看到她的生活五光十色，好像没有他也无伤大雅。

我想，在一段亲密关系里，无论你选择“喜欢”还是“合适”，都不要丢失了自我。

而自我被蚕食，通常意味着你的个性、需求或界限没有得到尊重，可能会有以下几种体验。

1. 失去自己的身份，好像你的存在只是为了满足伴侣的需要，没有充足的个人时间进行自我反思、兴趣追求或是休息。

2. 对生活决策缺乏控制感和自主权，感觉自己的选择和自由一定程度受限，为了关系而牺牲自己的个人目标、梦想或职业发展。

3. 持续感到情感上的疲惫和压力，因为需要不断地适应和满足伴侣的期望，忽视了对自己的关怀和自尊，总是把他人的需求放在自己之前。

4. 社交隔离，与朋友和家人的联系减少，生活圈里只有伴侣；伴侣无视你的界限，使你感到被侵犯或不尊重，甚至经历情感操纵，产生抱歉、内疚、羞愧的情绪，深感无力和自责。

5. 经历恐惧和焦虑，担心如果表达真实的自我，会导致关系破裂。明知自己不幸福，却感觉被困在关系中，没有勇气或资源去改变和离开。

如果你在亲密关系中，体验到上述感受，请你一定要认真对待这些信号，并采取行动保护自己的情感和心理健康，或是与伴侣坦诚地沟通，或是积极调整自己的状态和位置，抑或重新评估这段关系存续的必要性。

虽然进入一段关系，一定意味着舍弃一部分自我，换取“0.5+0.5=1”的和谐，但健康的亲密关系，应该建立在相互尊重、支持个人成长和彼此精神自由的基础上。

我这个朋友，在是否回国、买多大的房子、什么时间结婚、回国探亲住在哪里等几乎所有人生的大小事情上，都处于被动、听候差遣的地位，他人生的画卷全部围绕着她徐徐展开，时间久了，他定会心生幽怨，所以只能悲叹一句“号练废了”。

“小朋友要换着当”，两人要交替着付出和得到，你敬我一尺，我敬你一丈，关系才能长久；而非只有一方得利，得寸进尺，永无餍足。

04

如果你还未进入关系，在选择“喜欢”还是“合适”这个问题上纠结，我有几个评估的建议。

首先，思考你的人生目标和愿景，选择一个与你的人生目标、价值观更相近的人，可能会带来更持久的满足感与稳定性。

合适，不应局限在经济状况、外形条件、职业机会等表面的事物，而是更深层的价值观和人生态度。

再强烈的喜欢都会退去，但深层的价值观和信念，比表面的吸引更为持久。

其次，观察他是否鼓励你成为更好的自己，和他相处时是否感到开心和愉悦。幸福是一个重要指标，有时来源于直觉，可以指导你的决策。

最后，给自己一些时间，不要急于求成，急于做决定；同时，保持开放和灵活的心态，时移世易，随着境况的变化，你的选择或许会发生改变。

另外，如果可能，趁年轻，多试错，尝试不同的选择，多谈几段恋爱，才能最终明白什么样的人更适合你。

选择喜欢的人，还是合适的人，是一个高度个性化的决策，没有标准答案，只能根据你当下的情况、愿望和生活经验来做出。

但即便选错了，你也永远有机会转身。

05

如果你已经进入一段关系，在日复一日的相处中迷失了自我，感到自我被蚕食，也不要放弃，可以试着做出以下几点改变。

1. 为自己设定长短期目标，这些目标不必考虑伴侣，而是与你的个人成长和职业发展有关；发展个人爱好，这些爱好可以帮你保持个性和独立性。

2. 为自己设置个人时间，进行自我充电和放松，持续学习新知识和技能，不要放弃自我提升；练习独立解决问题的能力，不要总是依赖伴侣。

3. 重建社交网络，保持与朋友和家人的联系，维护自己的社交网络不被切断和侵占。

4. 努力实现财务独立，这有助于提高你在生活中的自主权和决策力。

5. 保持身体健康，通过运动、健康饮食和充足睡眠来照顾好自己。

6. 与伴侣积极沟通，表达自己的想法和感受，不要害怕与伴侣有不同的意见，同时明确界限，让伴侣知道什么是可接受，什么是不可接受；对伴侣的支持表示感谢，同时也鼓励对方个人成长、自我独立，这有助于建立相互尊重的关系。

良好的亲密关系，需要双方共同的努力与承诺。通过这些技巧，期待你可以在亲密关系中，保持觉察、独立、成长，建立一个更健康、友爱的伴侣关系。

我想，

在一段亲密关系里，

无论你选择“喜欢”还是“合适”，

都不要丢失了自我。

成长本就只能独行，我还要行万里路

01

深夜 3 点半。

窗外的扫街人，一声一声，把我心底的尘，扬得漫天飞舞。

我想起她。

她是典型的邻家女孩，皮肤白，个子小，笑时眼睛永远眯成一条线，不对，两条。

我们是大学同班同学，读书时，我们朝夕相伴，每天一起“犯二”，一起出糗。

我们的感情，在我的自我吹捧和她的极力贬低中，日渐坚不可摧。

同为“吃货”，我们有自己的美食地图，那时还没有探店博主这个职业，但我们每次遇到菜品好吃的餐厅，就发到微博、朋友圈，有很多同学慕名而去。

岭南夏日漫长，酷暑难耐，但为了吃到美食，我们经常在日头下暴走，在暴雨天飞奔。有一次，我们“不远万里”逃课去吃一家猪扒饭，历尽千辛万苦，汗流浃背地抵达，却发现餐厅倒闭了。

有时我们俩冒充学霸，去大学城听讲座，在公车上被挤成了沙丁鱼，结果因为开讲人太知名，报告厅人满为患，甚至窗口都爬满了人，我们站在拥堵得水泄不通的楼道里，一个字都听不清，只得无功而返。

我的叛逆期很长，在21岁剃了光头，走在男女比例1 ∶ 10的繁花似锦的校园里格外另类。

正巧她去一家酒吧，面试服务员，天色已晚，我陪她去，故意穿了男装，摘了帽子。

我们游荡在那座不夜城的心脏里，穿行在一条条灯红酒绿的酒吧街，感叹这里真不愧被称作“妖都”。

那时，我们都没见过什么世面，都很害怕，我强装勇敢，对她说：“别怕，要是有危险，我就冒充男人保护你。”

在一起时，我们永远欢笑，像是未曾尝过人间愁滋味。

酒肉朋友该是如此。

直到有一天，我无意撞见她的眼泪。

“是不是我爱笑，他们就一定要弄哭我？”

那次声泪俱下的诉说，我才得知她幼年父母离异，很小的时候就没了爸妈在身旁，家不成家。

和别的小孩父母激烈争夺抚养权不同，她的爸妈离婚时，都不想要她。

不久，他们就各自都有了新的家庭和小孩。

她从小没有父母，和奶奶一起生活。

02

对我这样家庭幸福、父母感情很好的人而言，我不知道那是怎样的童年和人生。

我的泪点生来很低，漂泊异乡，又使我的内心更加柔软，听着听着，我竟也泪水涟涟。

她看见我流泪，一时慌了神，赶忙帮我抹去眼泪：“爸妈虽然离婚了，但他们都给了我很好的物质条件，还有特别爱我的奶奶。所以我过得很开心，很坚强，很阳光。”

她就是这样好的一个女孩，善解人意，永远是我们所有人的开心果。

我哭得更厉害，回到寝室，深夜写信给她，对她说：“往后余生，我陪你一起。”

自那时起，我总能看到她笑容下，伤痕累累的心。

很久以后她说，其实爸妈分开对孩子的影响很大，她根本不会相信爱情，也不敢对男生付出真心。

从酒肉朋友，到推心置腹，我们渐渐靠近。

我的青春都和她有关，那是我们最好的年华。

后来，我向她和盘托出自己悲惨凌乱的恋情史。其实我们很像，在不熟悉的人面前，是最没有心事的“傻女”，但那些疼痛，只有我们自己知道。

我们像两只刺猬，带着满身伤痕，互相依偎，抱团取暖。

我以为我们会是一生的朋友，没想到刺猬互相温暖，也会互相刺痛。

毕业后，她想留在深圳，我便也在深圳找了工作。我们一起合租，一起吃饭，还和大学时一样。

她虽然不相信爱情，但还是花痴地暗恋着一个我们隔壁楼的健身教练。

但那不像是爱情，更像玩伴，她只是想有个大长腿、有肌肉、浓颜系的“壮汉男友”。

昨天吃午饭时，我还在帮她出谋划策，怎么才能“不经意”地约那个男孩出来玩。

没想到，晚饭时，她就对我说：“我决定放下这一年的暗恋了。”

“为什么呢？”我问。

虽然我大概清楚，她用情不深，放弃容易，但一定是有什么别的契机，才会让她结束这场为期一年的暗恋。

“因为我喜欢上别人了。”她看着我。

03

“谁？我认识吗？”

她沉默了一会儿，说出一个名字。

是我的男友。

我不可思议地看向她，一时间说不出话。

她大约是怕冷场，又或是有些心虚，开始语无伦次地絮絮叨叨。

“你以后别老让我有机会接触他，我怕自己控制不了对他的感情。你优秀，他也优秀，你们才适合在一起。他不会低下头，看见我这样平庸的女生……

“他不是去江苏出差了吗，我希望他快点回来。哦，你别误会，不是因为我想见他，而是我想让他介绍一些他的朋友给我认识，人以群分，他的朋友一定都很像他。

“我暗恋的那个教练和他一比，逊色岂止十万八千里，我眼光怎么这么差。

“不是每个人都像你一样好运，能遇到这样出色又疼你的男生。

“我知道你有许多选择，可不可以，把他让给我，因为他真的是我的理想型……”

她说了很多，颠三倒四，没有一点头绪，没有喝酒却像是醉话。

我只剩沉默。

她自知对我心里有愧。

我把所有的秘密都和她分享，我那样信任她、心疼她，她明知我这些年遇人不淑，明知这个男孩在我心里有多重要。

她全都知道。

可她还要跟我抢。

若是旁人，我们公平竞争；换了她，我不忍。

她不说话了，抬头看我。

我笑了，人生真可笑。

04

我曾倾尽所有爱一个男孩七年，用尽我四分之一的生命长度。

他爱上了别的女孩。

眼泪、酒精、文字，陪我走过很久很久的一段时光。

又或者仅仅是因为难熬，时间才显得漫长。

重拾爱的能力真的很难，我试过接受，却发现自己始终无法投入真心，到头来劳燕分飞，在一场又一场无疾而终的恋情里，越来越冷漠，也越来越麻木。

爱像一杯酒，我在年纪尚轻时，已洒掉一大半，后来不过是不断兑水，看似仍是满杯，味道却早已寡淡。

人人都说时间如药，可以疗伤，可我的时间，却越熬越苦。

带着满身记忆和伤痕，我逃离到北方。

纬度变了，阳光来了，我的心醒了。

终于有一天，我遇见一个人，一个让我忘记前尘、好好生活的人，一个让我内心深处有了坚定的人。

纵然在留学北欧的寂寂时光里，我依然为他，拒绝了所有暗含爱意的帮助与陪伴；旧爱带着从前的回忆找我复合，我终未回头。

我不是一个多么有原则、有底线的人，只是因为，我的心太小了，装不下两个人。

他在我心尖上，她一清二楚。

午夜梦回，也曾谢过宿命的相逢。

我一度以为，自己一路艰难跋涉，终于苦尽甘来，守得云开。

却没承想，命运终是要对我开这样的玩笑。

我收好了行李，等天一亮，我就会离开这座城市。

“我们分手吧。”我给他发短信。

“我和他分手了，祝你们好，祝你往后都是欢笑。”我给她发短信。

凌晨 4 点半。

扫街人已经走远了。这世上处处尘埃，他哪能扫得净呢？

尾声

我走之后，和那座城市的所有人都断了联系。

出了国，又回国，离开一座座城市，挥别一个个故人。

我再也没有为任何人停留。

成长本就只能独行，我还要行万里路。

两年后，我打开久未登录的微博，映入眼帘的是一家摄影工作室的微博，那是一家隐于山野的小众工作室，从前我们还是朋友时，我曾经带她，去那里拍过闺密写真集。

在那个工作室的最新微博里，我竟看到她和他笑靥如花的婚纱照——“客片分享，祝福长久”。

第三章

等一切风平浪静

去雪地里撒野，去大海边发呆，去田野里奔跑，成年人也只是过期的小朋友。

环球旅行，

尽管这一路颠沛流离，

饱经风霜，

我却依然感谢当初毅然上路的自己。

做无关紧要的事，去看看云，想想风

01

我以前是非常典型的 J 人，现在好像慢慢松弛一些了，在向 P 人过渡。

在心理学里，“J”（Judging，判断型）和“P”（Perceiving，感知型）是用来描述人行为倾向的两个维度，它们来自 MBTI（Myers-Briggs Type Indicator）性格类型指标。

J 人计划性强，喜欢有条理和控制感，他们倾向于追求确定性，会因为事物井井有条而感到幸福。

P 人更灵活、开放，喜欢随机应变和自由，他们倾向于追求多样性和新鲜感，会因为适应变化和探索未知而感到幸福。

大家看我简介，应该都知道，我 22 岁，也就是在大学毕业前，就走遍了祖国的各个省份。

那时还没有“大学生极限特种兵旅游”这个词，但我已身先士卒，身体力行，亲身实践了这样的旅行方式。

去每一个城市之前，制定详细到分秒的旅行攻略，把每一个景区里的必看景点、每一个博物馆里的镇馆之宝，都列出来，当地的公交线路也提前查好，不打无准备之仗。

我热衷美食，到每个目的地，都会发美食九宫格。

这不仅要查好哪些是当地的特色小吃，连去哪一家店吃，都要查得清清楚楚。

记得我还有一个文档，密密麻麻地总结了我的美食日志，后来毕业、换电脑、搬家，这个文档不知遗落何处。

若是求学，能有此认真的劲头，或许我早已走上了科研的道路。

彼时，各社交平台还不甚发达，探店博主也稀少，我只能从马蜂窝的游记里按图索骥，甚至在微博里，定位到出行目的地，翻看当地人的日常博文，看看有什么好吃的、好玩的。

虽然资源稀缺，却挡不住我探索祖国的脚步。

隔壁班有个女孩和我一样，热爱旅行，也是 J 人，但我们课程安排不同，遗憾从未一起出游。

旅行结束，我和她常常分享攻略，有时发在 QQ 空间里，总能收获不少转发。

02

大学时代的旅行，当真是穷游。

从广州出发，去长沙玩，坐绿皮火车，买的是硬座票，八个半小时，过夜，只能趴在一方小小的桌角上睡觉。

去杭州，同样是绿皮硬座，二十个小时，一下火车发现鞋夹脚，原来是脚肿了。

出门旅游必住青旅，八人间，八个来自五湖四海的女生同住，一个床位，几十块钱。

经济拮据，但胜在年轻，体能很好，去每一个城市，都要把知名景点玩一遍。

后来年纪渐长，去了更多地方，人变懒了。

我突然发现，很多地方其实不是“一生一次”的。

第一次去长沙时，我以为这一生不会再来，恨不能把所有知名不知名的地方都去遍，没想到往后十年，我去了不下十次，甚至最后一份工作的最后一次出差，目的地就是长沙。

余生漫漫，我好像没必要活得那么紧绷，松弛一点也挺好。

香港才子蔡澜先生用自己的一生践行松弛感，认为**松弛感不是懒散或随意，而是一种从容的状态，是内心的轻盈自在。**

蔡澜先生的助理杨翱，则在作品《过有松弛感的人生》中提到，**松弛感的本质是从容，是接受真实的自己，享受当下的生活状态。**

从容，接纳，享受，是最好的状态。

03

今年我去澳大利亚，只有两个心愿，一个是抱考拉，另一个是亲眼看看袋鼠的口袋是怎么装小宝宝的。

没做什么攻略，**放任自己到天地间，去遇见，去迎接命运的一切可能性。**

虽然在澳大利亚待了两个多月，但不再像从前急行军似的赶景点，而是围绕这两个心愿安排行程，慢悠悠地感受和体验。

整个澳大利亚，我只去了墨尔本、悉尼、黄金海岸。

我特别喜欢黄金海岸，去之前没听说过这个城市，是因为能抱考拉的公园在附近，才住在黄金海岸，住了一个多礼拜。

这里临海，有漂亮绵延的海岸线、松软细腻的金沙滩，阳光很好，所以不像多数海滨城市那样潮湿，我去的时候已是初冬，阳光依然是暖洋洋的。

午饭后，我在沙滩上晒太阳，看年轻的情侣、闺密躺在沙滩上日光浴，一躺就是一下午，时间仿佛变得很慢很慢。人们不疾不徐，没有什么要紧事，或坐或卧，看看云，想想风，晒晒太阳，聊聊天，享受生命是头等重要的事。

日头一点点偏西，沙滩上像洒满金粉，在落日的余晖里，一群群海鸥急不可待地飞来抢啄人们遗弃的食物。

我从书包里拿出一小块面包投喂海鸥，没想到它们呼朋引伴，迅速引来一大群海鸥，它们挨挨挤挤地围在我身旁，瞪着圆圆的红色眼睛，等我投喂。

神色很像动画片《海底总动员》里，悉尼港想吃小丑鱼的那一大群海鸥，争先恐后地喊“我的、我的”。

看来，影视作品果然源于生活，澳大利亚的海鸥确如动画里，成群结队，“饿鸥扑食”。

极目远眺，浩渺的太平洋深处，暮霭将海天连成一片。

入夜，华灯初上，人们归家，海滩安静下来，流云追随海风，把一轮圆月掩映得忽明忽暗。海滩余温犹在，晚风习习，树影摇曳，氤氲着浓浓的诗情画意。

黄金海岸有的区域海浪险急，适合冲浪和滑水，是“冲浪者天堂”。

我居住的民宿，女主人就是冲浪爱好者，也是当地的海洋救生员，有自己的游泳学校。

她很热情地和我聊天，给我推荐当地的景点，在她的指引下，我来到春溪国家公园，这也完全在我的预期之外。

这是一片原始的森林公园，也是世界自然遗产。

我在里面徒步了一个多小时，很多树木已有上千年，高耸入云，连树干上都爬满了苔藓。

它们赫然出现在眼帘，仿佛《爱丽丝梦游仙境》里的奇幻世界。

树与树之间藤蔓牵缠，连在一起，遮天蔽日。奔腾的河水在身侧，小猴子在山间戏耍啼叫，红嘴、蓝颈、绿羽的长尾鹦鹉数以百计，鹦声鸟语，十分悦耳。

在另一个公园，我抱到了考拉，看到了揣着小宝宝的袋鼠妈妈，完成了心愿。

那是我最不舍得离开的一座城市。

04

在路上，我开始思考，自己从 J 人变成 P 人，为我的生活带来了哪些改变。

在过去的很多年里，世界是嘉奖 J 人的，他们缜密地制定计划，严格地执行，以高度自律、勤奋和意志获得更高的社会评价，并完成财富积累。

但近几年，世界发生了太多不确定、不可控的事，非常努力的人也可能被降薪、被裁员，我们突然发现，能适应变化、放平心态的人，通常是 P 人，因为从不制定精确的计划，更轻盈，更松弛，接受一切变数的发生，反而更容易幸福。

P 人身上的松弛感，有助于减轻身体和心理的压力，更容易快乐和满足，也降低了患情绪疾病的风险；当大脑处于放松状态时，更有可能产生新的创意和解决问题的方法，做出更好的决策。

从 J 人变成 P 人，我发现，松弛感提高了我生活的整体质量，也让我更好地享受生活的每一刻。

在这个过程里，我有一些心得，与大家分享。

如果你也是过度关注细节、追求完美或担忧未来的 J 人，可以试着用以下方法放轻松。

1. 放宽计划。虽然计划对我们很重要，但可以试着把计划放宽一点，给自己留有余地，避免过度安排，导致压力。

2. 正念练习。在安静的环境里，把注意力集中在呼吸上，每天练习二十分钟，学习专注。然后运用正念的技巧做事，专注于眼前的活动或任务，而不是过分担忧未来。

3. 定时休息。在工作或日常任务中安排休息时间，劳逸结合，避免连轴转。休息时，可以练习正念、深呼吸、冥想或拉伸。

4. 培养闲趣。培养一些与工作无关的爱好，如弹琴、陶艺、园艺、瑜伽、太极、游泳，这些活动可以帮助我们从日常的压力中解脱。

5. 调整环境。给自己创造一个放松的生活环境，使用柔和的色彩和舒适的家具，改变环境，人为地把工作和生活区分开来，下班后，及时去掉“班味”。

6. 学会拒绝。你要记得，不必承担他人的所有责任和请求，学会拒绝超出自己能力或时间范围的任务。

7. 自我反思。定期进行自我反思，识别和调整可能导致压力的思维模式、行为模式。

通过这些方法，相信 J 人可以更好地应对压力，认识到放松和工作同等重要，计划赶不上变化，在快速变化的时代里，我们要学会保持生活的灵活性和乐趣。

当然，并不是 J 人都应该变成 P 人，心理学家认为，无论是 J 人还是 P 人，没有直接的证据表明，哪一种类型的人会更幸福。

随着时代的变化，使我们感到幸福的人格特质，也会发生转移。

幸福是一种主观感受，受到多种因素的影响，包括个人价值观、生活满意度、心理健康状态、社会关系等，它不完全取决于性格类型，更重要的，是你如何与自己和谐相处，怎样在生活中找到意义和满足感。

逆转时间的公式是珍惜当下

01

我在前文里写了几件环球旅行途中遇到的不悦之事，一定有人会因此觉得环游世界很辛苦。这篇文章，我想分享一些我在路上遇到的温暖瞬间。

我在美国遇见了非常可怕的有洁癖的房东，她像看管犯人一样监视着我，还颇有心机地赶在平台评价期结束前的几分钟，给了我极其恶毒的虚假差评。

也是在美国，我遇见了非常善良的印度房东，我甚至决定，将来若有机会，再回纽约，我一定还租住在他的家里。

那天，我乘坐的飞机晚点了，原本傍晚 7 点可以抵达，却 10 点多才落地。

下了飞机，我手机安装的谷歌地图 App 突然失灵，一直闪退或是定位失败。

当时，我如果打车去民宿，要花 100 美元，约合人民币 730 元。我心疼钱，想着纽约地铁如此便捷，还是坐地铁吧，只要几十元钱人民币。

我心怀侥幸地想，说不定等手机信号稳定了，地图就能用了。

坐地铁还算顺利，但坐完地铁要转乘公交车，我按图索骥地走到公交车站，此时手机上的地图仍旧无法定位，但可以显示总共乘坐的站数，以及每站的名称，我想应该可以顺利抵达。

以我过去的经验，公交车应该是每站必停、有英语报站的，可当我上了车，坐了十来分钟后，我才发现，这趟公交车根本没有报站，也没有电子屏显示站名，每当站点有人下车时，按了铃，车才会停下。

所有乘客都是熟知这趟公交线路的本地人，无须报站，无须站名，就能精准知道自己在哪儿下车。

而我，一个外国人，孤身一人第一次来到纽约，错上了一趟本地人的通勤车，车外漆黑一片，我拿着无法定位的手机，茫然无措。

手机地图上，每站会有预计到达的时间，我原本想着根据时间，来判断自己到了哪一站，但很快发现这不可行，因为夜已深了，许多车站根本不停，所以停靠时间完全对不上。

于是我只能硬着头皮，坐到一个黑人大叔身旁，对他说："您好，抱歉打扰您，我手机上的谷歌地图坏了，能看一下您的谷歌地图吗？"

这个大叔十分热情，欣然打开自己的地图，我于是知道了自己的准确定位，幸好还未坐过站。

我于是和他攀谈起来，得知他在纽约上班已经十五年了，每天都坐这趟公交车回家，对这条路的每一个拐弯都很清楚。

我一路紧紧盯着他的手机，快到我下车的那站，我按了铃，地图显示，下车再走两百米就到。

大叔热情地问我，需不需要他下车陪我走到家。我知道夜间的公交车很难等，况且我只有两百米，于是信心满满地对他挥一挥手："不必了，谢谢你！祝你晚安！"

02

下车后，绕过一个亮堂堂的麦当劳，面前出现一条黑漆漆的羊肠小道。

路边有几个文着臂的年轻人，抱着滑板，聚在一起抽烟。

此时，已经快午夜 12 点了。

来纽约前，我对美国的治安之乱早有耳闻，所以不敢走进那条小巷。地图显示，我可以绕行到另一条大路，虽然要多走一段距离，总归是回得去的。

我于是步履匆匆地路过了那群年轻人，脑海里浮现出许多恐怖的画面，感觉身边全是危险，只盼能赶紧回到住处。我越走越快，几乎要跑了起来。

走了十分钟，我发现自己好像越走越偏了。

有一家卖甜甜圈的连锁店仍在营业，我冲进去问路，店员小姐姐十分温柔，斩钉截铁地告诉我，往东走。

我朝东又走了十分钟，来到一片工地，此处正在修路，几个零星的工人一脸疲惫地坐在地上，面无表情地看着火急火燎的我。

我十有八九又走错了。

我灵机一动，谷歌地图不能用，我可以用百度地图呀！现在国内的地图软件，已经可以查看许多外国的街道、餐馆了。

一看百度地图，果然走错了，应该是向北。

向北走了一会儿，我就看到了民宿所在街道的名字，现在只需要一户一户找下去，找到门牌号就好了。

我住在 308 号，可是，沿着这条路走到底，最后一户是

299 号，再往前走就是另一条街了。

此刻的我已濒临崩溃，恐惧、焦急、迷茫彻底慑住了我，眼泪不由自主地涌上眼眶。

突然，299 号房屋蹿出一条大狗，作势要扑过来，冲着我一通狂吠。我再也忍不住，蹲在地上大哭起来。

狗的主人闻声走了出来，喝住大狗，向我道歉。

我抬起头，她看到我，用中文问我："你是中国人吗？"

"是的，我迷路了，请问 308 号怎么走？"我不敢再哭，生怕看不清她，错过了问路的机会，抽泣着用中文回答。

遇见一个中国小姐姐，我好像感到没那么害怕了。

"不好意思，我上周才刚刚搬过来，好像附近没有 308 号，你要不要再确认一下地址呢？"她耐心地说。

绝望中，我在民宿预订平台给房东发消息："您好，我迷路了，在 ** 街 299 号，我的谷歌地图失灵了，无法定位，请您告诉我应该怎样走。"

03

那时已经快深夜1点了，我想，房东应该早就睡下了。

我深恨自己为了省钱，没有打车回民宿，又自作聪明，以为自己能顺利找到，而没有早点联系房东。

没想到，在我自责懊恼间，房东竟然回复了我的消息："这个街道很复杂，如果没有地图定位，我给你解释恐怕也说不明白。你在299号那里等我，我十分钟后来接你，好吗？"

我如释重负。

十分钟后，一辆小车停在我面前，我跳上车，对长得很像"猴神大叔"萨尔曼·汗的印度房东说："谢谢你，你救了我。"

"猴神大叔"微笑着说："这条街只到299号，300号以后，在道路的另一头，它设计得并不合理。如果你要去到308号，绕过一个麦当劳，然后必须经过一条小巷。我想着这么晚了，你一个人走估计会害怕，干脆来接你。今天我本来要和朋友们去喝酒，但他们临时取消了聚会，我才有机会在这附近。”

原来那条漆黑的羊肠小道，是必经之路。

“其实纽约的治安也没有你想象中那么糟糕。”“猴神大叔”和蔼地说。

离开纽约后，我在民宿平台上评价他：**“在环游世界的路上，我住过不下 100 家民宿，但我想这个房东是最好的一位，没有之一。”**

04

我曾在美国的中餐厅，因为零钱不够，少支付 2 美分（约合人民币 1 角 5 分）的小费，被店员指着鼻子骂，说我不懂美国文化，不配来这里消费，应该赶快滚回国去。

但另一位同在异国打拼的中国老板，却让我感受到来自同胞的深切温暖。

我在厄瓜多尔旅游时，住在首都基多，无意间看到一本杂志，介绍距离基多两小时车程的奥塔瓦洛市场。

它是厄瓜多尔最大的露天集贸市场，也是当地居民最喜欢去的地方，那里有一千多家商贩，食品、服装、工艺品都有售卖，最有特色的是传统的印第安纺织品和色彩鲜艳的毛衣、斗篷、毯子、背包，这里被认为是南美洲最大的印第安集市，每逢周六，最为热闹。

恰逢周六，我欣然前往。

逛到下午 3 点多，我看到路边有一家中国商店，在卖洞洞鞋，就向老板问价钱。

老板看我一个人，惊讶地问我从哪儿来，住在哪里，我说我住在基多，过来逛逛集市。

不料，老板十分担心地说："那你今晚还要回基多，现在就赶紧买票走吧。"

"车程不是只要两个小时吗？现在还早呢，我才逛了一半。”我很疑惑。

“小姑娘，这里的治安非常混乱，所有店铺5点就关门了，要不然有可能遭抢劫。你一个人，我劝你还是早点回去，现在3点多，你回到基多也得5点多了，基多治安也很差的，天黑了千万别出门，尤其不要去老城区一带。”老板神情严肃地说。

我一听，有点害怕了，赶忙问他回去的车站在哪里。

老板给我指了一条路，又扭头跟店里的伙计说：“你看一下店，我怕这个小姑娘找不到，送她去车站再回来。”

说罢，他带着我，脚步匆匆地赶往车站。

在路上，老板接着叮嘱我：“今天刚好是太阳节，到晚上6点，整个厄瓜多尔会有非常多的人出来祭祀和表演，会比较乱。你下车以后刚好是在基多老城区中最乱的地方，如果你有同伴，看看表演也挺好，但你一个人，我劝你一定要赶在6点天黑之前回到住处。”

05

在基多老城区，几乎每个路口，都有两到三名荷枪实弹的警察站岗巡逻，但听说警察天黑下班后，那里就变成了犯罪高发地。

某天下午，我在基多逛街，突然从右后方，被劈头盖脸地泼了一杯形似融化冰激凌的水状物。

我没看到是谁作案，也不知他是何居心，是否蓄意为之，张皇之下，只得打车回家洗头洗澡。

这就是南美。

神秘，奇诡，热烈，奔放，危机四伏。

百货店老板把我送到车站，还不放心，又替我去窗口买票。

他帮我买了最早发车的一班大巴，我说："你回店里忙活吧，别耽误你正事，已经非常感谢了。"

他执意陪着我，等待大巴开来，把我送上车，又目送大巴开走，才放心离去。

离开时，他说：**“如果遇到危险，一定要往中餐厅、中国百货店里跑，所有在厄瓜多尔的中国人都会帮你，别怕。”**

我不知道他姓甚名谁，也没有留下任何联系方式，但他的一片善意，却在异国他乡久久地温暖了我，让我觉得，同胞真好，国人真好，我以我是中国人为荣、为傲。

这就是我在路上遇见的人，有苦有甜，有笑有泪，喜忧参半。

我听过一句很有意思的话，叫“逆转时间的公式是珍惜当下”，时间一去不复返，但如果我们可以珍惜每一个当下，我们就实现了心理上的“时间逆转”，仿佛追回了流逝的时间，对抗了生活的不确定。

在不改变物理时间的前提下，通过心理上的满足和成长，来感受生活的进步和美好，通过积极的生活态度和行动，充分享受每一个此刻，最大限度地利用时间，以减轻对过去的遗憾和对未来的焦虑。

珍惜当下不仅是一种生活态度，也是一种实用的心理策略，帮助人们在有限的时间里，实现自我成长和满足。

环球旅行，尽管这一路颠沛流离，饱经风霜，我却依然感谢当初毅然上路的自己。

感谢自己活在每一个当下，酸甜苦辣，我全盘接受；好的坏的，我尽情体验。

这一程，因为不愧于心，所以我没有遗憾；因为享受当下，我逆转了时间。

海很远，你应该在我身边

01

本想约你面谈，又恐面对你时，张皇留恋，冲垮理智。

思前想后，还是以信相见吧。

我们在一起，一年多了吧，嗯，三百七十九天。

第一次见到你，我就觉得，这世上怎么会有如此特别的女孩，这样桀骜、张扬、满身锋芒。

我不知道这样形容你，是否恰如其分，但你给我的感觉，就是这般清高孤傲，暗含自负，像一个众星拱月的公主。

当时我在想，要怎样的男孩子，才能配得起你，才能不被你的光芒遮挡。

渐渐相识，只要你有难处，我必赴汤蹈火，在所不辞。

我只是单纯地觉得，能被你需要，就是莫大的开心。

你那么优秀，优秀到不需要任何人，在你的世界里，你是独一无二的女主角，身旁的人，都成了陪衬。

后来我对你吐露心迹，我爱你，深爱，就算被拒绝，我也不会离开，静默地守护你，就好。

没想到，你竟答应做我的女朋友，你说："因为你似曾相识。"

贾宝玉第一次见到林黛玉，说："这个妹妹我曾见过的。"

前世因，结今生果，你以为这是所谓一眼万年的尘缘，我也这样祈愿。

可是，我们都错了。

02

还记得吗？你曾借给我一本书——《破门而入》，你说大学时喜欢美学，不过已经很久没翻了。

你一定忘了，那本书里，有一张相片，是你和一个高高的男孩子，背面写着：我爱的他。

你知道吗，你所谓的“似曾相识”，不过是因为，我太像他。

你把微博头像改成我们的合影，你从前的朋友评论说：“你和他复合了？”

这个“他”，不是我，另有其人。

你删了那条评论，我也从未提过。

连你的朋友都觉得，我太像他。

我看得懂你咖啡色的眸子，却看不懂你心底深沉的往事。

你的过去，你素来讳莫如深。我从不问，但我知道你放不下。

我们读书时最火的民谣歌手唱：“你才不是一个没有故事的女同学。”

我不知道你有过怎样的往事，是欢声笑语还是痛彻心扉，但我知道，那一定是刻骨铭心的记忆。

你唱歌很好听，但每次去 KTV，从来只唱一首，《一直很安静》。

我们的爱情，像你路过的风景，一直在进行，脚步却从来不会为我而停

…………

你说爱像云，要自在飘浮才美丽，我终于相信，分手的理由有时候很动听

…………

给你的爱一直很安静，来交换你偶尔给的关心

…………

原来缘分是用来说明，你突然不爱我这件事情

你唱这首歌，总是很动情，像是诉说自己的故事。

但我又何尝不是？

给你的爱，一直很安静，明明是三个人的电影，我却始终不能有姓名。

你喜欢香港电影《春娇与志明》，痴情的春娇被伤得头破血流，一次又一次。

我原本真是想找一个和你完全不一样的男人，但是谁知道，我却变得跟你一模一样……我很努力去摆脱张志明，最后我发觉，我成了另一个张志明。

我们去私人影院，你挑了这部电影，听到这段话，你泪

如雨下，无法抑制。

那是我唯一一次见你哭，哭得楚楚可怜。

后来你就再也不看《春娇与志明》了。

你的 QQ 空间，2011 年以后，全部空白，个性签名停留在一个遥远的季节，那时我还不认识你。

你写：**青梅枯萎，竹马老去，从此我爱的人都像你。**

03

你对自己的要求那么高，怎么可能允许身边的男孩是庸常之辈？从见到你的第一眼，我就深知自己配不上你，但我以为，我可以给你满世的宠爱与疼惜。

我心疼你的过去，以为用我的深情，可以让你忘记曾经的悲欢。

可是，你的生命里，已经刻满了他的名字、他的笑容、他的故事。

而我无能为力。

最近我们总在吵架，我有一种感觉，我和你相处越久，我离你越远。

你的每一次失神，每一次落寞，我知道，都是因为他。

有一回，我去你家里，看到书架上有一个厚厚的黑皮本，它和其他书都不一样，我以为是某种装帧神秘的“答案之书”，顺手拿下来，准备翻开看看，你看到了，突然生了气，冷冷地要我还给你。

你虽然性子高傲，但对我却向来温和，我从没见过你那样恼怒。

后来我知道，那是你学生时代的日记本。

你喜欢海，所以我们一起去了威海、三亚、平潭、舟山，我说我想陪你看遍所有的海。

那时我以为，**海很远，但你会在我身边。**

可我还是错了。

已经过去那么久了，为什么你还是放不下？

我知道你心里有委屈、有痛楚、有伤痕，那么我呢？你看不到我心里的委屈、痛楚与伤痕吗？

谁不是只有一颗真心，谁能甘心让自己身边的人，永远思念着另一个人？

爱情是这世上最没有安全感的东西，偏偏我们所有人都要在爱情里，寻找安全感。

怨言、愤怒、伤心，这些五味杂陈的感情在我心里翻涌，难以抑制，所以我总发脾气，甚至有点无理取闹。

我也看不起这样的自己，又小心眼又贪婪。

你受够我的胡搅蛮缠，冷冷地说：“圈子不同，无法沟通。”

你说得对，说到底是我的自卑作祟，我不是能给你幸福的那个人，你太美好，我给不起。

虽然我依然爱你，但这一次，我要放手了。

临别，我想对你说，别那么辛苦，别活得太累。

但我太了解你，翻不过去的不是山，是你数不清的执念。

所以，我想对你说：“爱你的人很多，但我希望最后与你执手的，是你爱的那个。”

给你的爱一直很安静，我从一开始就下定决心。以为自己要的是曾经，却发现爱一定要有回应。

永远把自己的感受置顶

01

我上大学时，住在市中心的校本部，校园很小，消费高，于是经常和朋友约着去大学城，大学城好吃的东西多，物美价廉，还有更大的操场和图书馆。

从本部到大学城，路途遥远，我们每次都坐快速公交，颠簸一个多小时才能到。

广州公交开得快，急刹急停是常事，每每乘坐，都感觉“颠沛流离”具象化了。

有一次，我们一行十几个女孩外出聚餐，第一个上车的小伙伴站在后门口，我倒数第二个上车，站在前门刷卡机旁。

司机一个急刹车，后门口的小伙伴没扶稳，直接冲到了我面前，我身后的姐妹怕小伙伴摔倒，用自己的身体顶住我，我们俩合力，又用“血肉之躯”接住冲过来的小伙伴，三人才安稳站立。

情急之下，我后面的姐妹还大喊了一句：“小白顶住！”（小白是我大学时的外号）

气吞山河，仿佛下一秒就要英勇就义。

那时的广州公交风风火火，车上乘客摩肩接踵，有时人实在太多，前门无法再上，人们就从后门上车，然后把自己的公交卡递给前面的路人，一路辗转，流经多人，在刷卡机旁的人往往会收到一大把公交卡，依次刷过，再回传，归还到各人手中。

每个陌生人，都会自然而然地帮你，每个人也都有被帮助的时刻。

我从前在北方，坐公交从没见过如此盛况。

后来，我们去另一个城市，以为那里的公交与广州大同小异，就从后门上车，再递公交卡给身边的人，却无人接手，大家莫名其妙地看着我们，而司机以为我们要逃票，大呼小叫地让我们下车。

看来“十里不同天”，虽是邻市，民风却迥然不同。

但在我大二时，发生了一件事，让我再也没有乘坐过公交。

那天，我和小伙伴乘坐公交去大学城听讲座，上车时没有座位，我们挤在最后，两排座椅的过道中间。

一路上，人越来越多，把我们包围了，有一个男子站在我身后，紧紧贴着我。

我往前挪一点，他也跟上来一点，随着公交车的晃动，还不断地用身体轻轻撞我。

我扭头看他，他正看向窗外，模样、气质并不猥琐，甚至还有一些斯文正气，我怀疑是自己想太多，或许只是因为人太多、车太颠，他不得已碰到我罢了。

又过了几站，他对我身体的撞击幅度越来越大，我明显感到不适，悄声地问站我身旁的小伙伴："你看我后面的人，他在干吗，为什么一直在撞我？"

小伙伴回头一看，严肃地拉着我，拨开人群，就近冲下车，对我说："这是骚扰啊姐妹！"

那时的我 19 岁，甚至不知道什么是骚扰。

从那以后，我就只坐地铁，没再坐过公交了。

02

时间来到我 24 岁那年夏天，当时我所在的公司，每年年中，会挑选一个风景宜人的度假村，开总结大会。全公司几百人，浩浩荡荡地出发团建。

公司素来开放，女孩可以穿热裤、吊带上班，男生有的扎辫子，还有人把头发染成红色、银色、绿色、蓝色。

为了总结大会，我买了一件黑色碎花连衣裙，正面看，有领有袖，不失正式；背面在腰部，有一个巴掌大的镂空，天气炎热，可以透风。这件裙子既清凉又得体，我高高兴兴地穿上出发了。

那时有一个和我关系很好的男同事，比我小一点，很有才华，我们工位离得也近，沟通很多。

我私下是写书的，他副业是作词人，我有时会翘班去录节目，他则是常常早走一步，在酒吧办小型的室内演唱会。

同是“副业人”，我很欣赏他，也能理解彼此对热爱之事的执着，在互相“打掩护”中友谊长青。

总结大会结束，照例是全公司大合影，他站在我身后，趁摄影师给大家摆造型、调角度的间隙，我们还小声地聊他最近的演唱会。

拍照结束，突然有一只手，按在了我腰部露出的皮肤上，我以为是姐妹开玩笑，一回头，竟然是他！

我一时错愕，大喊一声：“你干吗？”

他笑嘻嘻地说：“原来真的是空的呀，我以为是这里的颜色是肉色呢！”

我不知该说什么好，但我心里知道，他不会再是我的朋友了。

直到离职，我没有再和他说过一句话。

03

我是今年环球旅行，才重新穿上那条裙子的。

过去六年，面对它，我很懊悔，也很羞愧，我无数次想过，要是那天我没有穿这条裙子，就不用遭受这样的不适，也不会失去一个朋友，最终对那个公司再无可恋。

一个女孩，想要平安长大，是很难很难的，要躲过多少危险——身体骚扰、社会压力、职场歧视以及传统观念的限制等，才能成为一个独立的成年女性。

相比于强度更大、程度更深的骚扰和侵犯，我受到的伤害是很轻的，但那些感受，明晃晃的撞击，滑溜溜的手，依然在很多年里，如鲠在喉，如芒在背，每每想到我就泛起一阵恶心。

后来我出门，乘坐公共交通时，会非常警觉，身旁的人哪怕不小心接触到一点点我的皮肤，我都会紧张地后退。

我早早买车，也是为了免于公交地铁上的“咸猪手”。

穿及踝长裙，坎袖外面穿外套，我把自己包裹起来，求得心里的一点安全感。

直到 30 岁，我才渐渐走出了当年的困境，重新穿上了那条心仪的裙子。

我开始相信，我没有错，不是因为我穿错了衣服，才遭遇了这些，而是这世间总有腌臜龌龊之徒，错的是他们。

女性应该学会的，是永远把自己的感受置顶，那些伤害你的，让你感到痛苦的，应当远离和反抗，而不是一味自责，一味羞愧。

在另一本书里，我写了在埃及“垃圾城”，被两个少年骚扰的故事，这一次，我更勇敢地反抗，在伤害发生的第一时间就制止了它。

因为我们的沉默，是对恶行的纵容，只会使这个世界越来越坏，而我们自己的世界，则有可能因此崩塌。

04

如果你在职场，和我一样，遇到了令人不适的骚扰或侵犯，你可以采取以下措施，保护自己的权益。

1. 明确拒绝，远离侵害者。

2. 保存证据，如短信、邮件、录音、监控、目击者证言，这些证据对投诉或起诉都至关重要。

3. 善用公司机制，尽快向公司的人力资源部、工会、妇联等部门提出正式投诉，并要求调查，调查过程中及时跟进，并要求其保护当事人的隐私。

4. 如果公司无法提供帮助，甚至与侵害者沆瀣一气，应尽快联系法律援助中心或律师，情况严重的应该立即报警，要求对侵害者进行法律制裁。

5. 寻求社会支持与心理疏导，找信任的亲朋好友倾诉，缓解心理压力，获得情感支持，同时寻求专业心理咨询师的帮助，进行心理治疗和情绪疏导。

受害者无罪，但如果我们沉默和逃避，就会成为加害者的帮凶。

凡事预则立，如果你没有遭遇过此类事件，也可以提前学习，预防侵害的发生。

首先，不做“法盲”，熟读《妇女权益保障法》和《民法典》，了解自己的权利和性骚扰的定义，以及用人单位应采取的措施。全国妇联权益部推出了《防治职场性骚扰指导手册》，每一个女生都应学习、了解一二。

其次，了解可提供支持的社会服务系统。

例如，全国妇联开通了12338热线，女性可以通过拨打热线，进行咨询、投诉、维权、心理疏导等；北京市心理援助热线010-88585821，提供24小时心理援助服务，包括危机干预和心理健康教育，当女性受到侵害时，可及时拨打寻求帮助。

最后，提高对骚扰和侵害的警觉，不要沉默，不要妥协，不要逃避。

与此同时，尤为关键的是，谨言慎行，避免成为骚扰者，不要让他人因你有心或无意的话语、举止而受到伤害。

女性应该学会的，

是永远把自己的感受置顶，

那些伤害你的，

让你感到痛苦的，

应当远离和反抗，

而不是一味自责，

一味羞愧。

第四章

永远有下一个春天

世界上能治愈一切的事物是盐，像眼泪、汗水和大海，从秋到春，总要经历漫长又寒冷的隆冬。

人一定要活成让自己满意的人，

或许不是家长满意的，

不是社会赞许的，

不是符合世俗意义的成功人生。

直行或转弯，或许都会遇见

01

大学时，我对辩论情有独钟。

遥想当年，诸葛亮舌战群儒，蔺相如据理力争，雅典雄辩家唇枪舌剑，我为之倾心。

电影《律政俏佳人》里金发碧眼的律师，在法庭之上舌灿莲花，井井有条地出示论据，那排山倒海的气势，令我钦慕。

我最喜欢的美剧《傲骨贤妻》里，女主角的丈夫因丑闻被捕入狱，她不得不结束家庭主妇的生活，重新回归自己婚前的职业——辩护律师。她坚强地面对挑战，重拾自信，从一个失败的政治家妻子转变成一名职业女性，把命运的主动权牢牢掌握在自己手中。

三尺辩论台，双方阐述论点，针锋相对，唇枪舌剑，升华主题。一场场比赛，都妙语连珠，扣人心弦。

我爱辩论，正如我总想“赢”的人生态度。

我大学时光的二分之一，都与辩论有关。

我辩风犀利，才思敏捷，队友间配合默契，将对方论点巧妙拆解，予以重击。

因此，院级、校级、省级，不计其数的比赛，我只输过一场。

然而，你看得到辩论场上我自信、骄傲、锋芒毕露，看不到我为一场比赛呕心沥血，准备到凌晨 4 点；你看得到一张张金光闪闪、耀眼夺目的荣誉证书，看不到我查找的资料、推翻的辩稿堆积如山；你看得到舞台之上手捧奖杯的灿烂微笑，看不到我忙于备战、三餐未进的胃痛如绞。

但是，值得。

这是我深爱的辩论，做这一切我都甘之如饴，无怨无悔。

02

我执着且追求完美，“冷峻的正直里暗含着自负”，专业老师这样评价我。

老师说我思维敏捷，认知能力发达，逻辑严密，所以擅长辩论说理；与之相对应，感性思维缺失，不敏感，不细腻。

我不相信感觉，只接受认知层面的道理，觉得自己掌握真理。我内心倨傲，只有判断，不能对他人的感受明察秋毫，更不必说感同身受。

这对一个社会工作专业出身的学生而言，是极大的限制。因我无法运用“同理心”和“觉察”对待案主，虽然我专业成绩很好，但不会是个好员工。

白色是对，黑色是错，从来没有灰色的暧昧地带。

我看柴静写的书，多多少少投射了自己的青春气。

她写：**“我总担心失于滥情，不够冷静。工作须得有铁律，必须遵从，为此我不惜以冷酷来捍卫。”**

她有这样的人生路程：“日后工作上学，换了不少地方，到哪儿都是拎箱子就走，不动感情。觉得那样矫情脆弱，认为独立就是脱离集体，不依不附，亲近的人之间，一旦触及自尊心就会尖锐起来，绝不低头。”

个中滋味，若合一契。北方姑娘到南方求学，不依不附，不屈不挠，个性签名是“北方有佳人，绝世而独立”。

倒也不是天生理智，否则我不会写无人问津的小说，谈昙花一现的恋爱，只身一人漂洋过海，头脑发热为爱远征。

只是曾经脆弱敏感，为人所伤，于是把自己包裹严实，再不午夜梦回，为情所困。

时过境迁，相信只有钝感、理性、独立才能无坚不摧，才会让自己的成长不那么疼。

03

如今，我离开辩论场已经很久了。

曾经有一个对我很重要的人，不喜欢我在辩论赛场上盛气凌人的轻狂姿态，我于是就草率而决绝地告别辩论赛，从此再没上过赛场。

师兄师姐婉言相劝，而我去意已决。

与那人分道扬镳，却是后话。

那时看过一句话：**“不要问我为何如此眷恋，我不再与世界争辩，如果离去的时刻钟声响起，让我回头看见你的笑脸。”**

我终是远离了我深爱的辩论赛，兜兜转转，成了写书人。

一写，又是近十年。

这十年，我好像变了。

我从极端的冷静理性，无坚不摧，渐渐变成了温润平和的模样。

一篇又一篇文字，把我心口的硬壳，一点一点剥落了，袒露出真实、柔软与脆弱。

我好像变成了更好的人，通过辩论，也通过写作，前者使我坚韧独立，后者使我圆融通达。

直行或转弯，或许我们都会遇见更好的自己。

04

坚持写作的这些年，我从当当网“影响力作家评选”的第三届，熬到第十届，其间获奖三次。

从第三届到第十届，中间过去七年，我从 22 岁大学毕业，到即将跨入 30 岁的门槛。

这 7 年，是一个女性迅速蜕变的 7 年，我也和所有这个年龄段的女性一样，经历了事业、家庭、婚姻、育儿的巨大转变。

有时成功，有时失败，我把它们都记录在我的作品里，那是一个普通女孩的人生。

我最感动的评论，是有读者说："看你第一本书时，我在读高中，现在我已经当了妈妈，你还在写，真好。只要你还继续写，我永远会第一时间读。"

我很惭愧，过去 7 年，我本可以有更多作品，但因为种种人生变故，创作变成了奢侈的事。

对于一个依然渴望世俗幸福的女性写作者来说，一直写下去，没有那么容易。

我们不得不拥有更多身份，扮演更多角色，它们免不了会干扰创作。

但好在，我还被成千上万的读者记得，我也有了持续创作的勇气。

不管是 20 岁、30 岁，还是 40 岁、50 岁，希望我们回望来路，都可以说：**"我这一生，想要的已得到，更好的在路上。"**

不要问我为何如此眷恋，

我不再与世界争辩，

如果离去的时刻钟声响起，

让我回头看见你的笑脸。

适度外耗，给自己松绑

01

我出到第四本书的时候，陷入了巨大的内耗。

第三本《允许一切发生》畅销百万册，出版公司的策划人，纷纷向我抛出合作的橄榄枝，很多是我从前久仰大名的老师，能与之合作，是我之幸。

我虔诚地签约、写稿，新书如约上市，但时隔一年，图书市场更加低迷，销量大不如前。

那时，我已开始全职写作，没有通勤打卡，每天的主要任务，就是在家创作。

但我的心思完全无法集中在创作上。我担心图书滞销，担心让出版商赔钱，更担心销量不佳，以后就没有策划人找我合作，我的写作生涯随时可能终结。

毫不夸张地说，我几乎每半小时，就会打开各电商平台，查看销量。

在小红书，每一条关于我的书的读书笔记，我都会去点赞评论，以期给这条笔记带来更多曝光和流量。

如果有达人直播带货，我会全程蹲守直播间，一场直播三小时，讲我的书可能只有五分钟，我把这五分钟的讲解录屏、剪辑、配字幕和音乐，前前后后折腾大半天。

我独自运营着几个读者群，新书上了市，我就身兼销售和客服，读者有任何疑问，我都第一时间上线解答。

虽然不上班，却比上班还累，不是身体累，更多是劳而无功的心累。

02

最终，那本书销量平平，叫好不叫座，虽然豆瓣评分 9.2，在读者群里也收获一众好评，却远远没有达到出版商的销量预期。

我一度十分低落，直到看了一个综艺。

在那个综艺里，有一个嘉宾，他是作家，也是歌手，说了这样一段话。

主持人问："你们有没有一个人生阶段，做每一件事，都很怕对不起大家，辜负旁人的期待？"

他说："我早些年很明显，当你突然发现，有一些人支持自己的时候，就会很想回应他们的期待。但是很多事，并不是我们努力就可以决定成果。所以我的心态慢慢发生了改变，我现在会觉得，只要对得起自己就好了。大部分时候，当我抱着'对得起自己'的心态去做事时，做出来的结果也是对得起观众的。"

他是很从容、很淡然地说出这段话的，但我却如听惊雷。

当一个人突然发现，自己拥有了一些支持者时，是最容易迷失的。

有人飘飘然，有人惶惶不安，我是后者。

诗人余光中说：**“期待是一种半清醒半疯狂的燃烧，使焦灼的灵魂幻觉自己生活在未来。”**

我害怕没法回应大家的期待，纠结、焦虑，很长一段时间天不亮就醒来创作，晚上又失眠辗转。

03

最近有一个新词，与内耗对应，叫“外耗”。

内耗，通常是一个人与自己进行精神上的斗争，导致精力被消耗殆尽。而外耗，则是将精力和注意力转移到外界，向外归因，通过与他人的互动来达到心理上的平衡和满足，减轻内部的压力和焦虑。

面对期待，女作家三毛说过这样的话："如果期待得太多那就不好了啊！要承担的是自己的前程和心情，又有谁能够真正地分担呢？"

诚然，期待太盛，求胜心切，无人分担，谓我何求。

他人的期待有时也像枷锁，困住我们的喜乐。

我于是开导自己，一本书的销量多寡，是由多重因素共同决定的，营销和宣传的作用很大，并非只要内容过关就一定畅销。

否则，同样出自我手，为何每本书的销量都不尽相同？

而我最畅销的书，竟是我公众号的文章合集，业余写就，无甚章法，论用心程度和文字洗练程度，可以说很多作品都远胜它。

另一本，仅次于它的畅销书，却是日夜呕心沥血、焚膏继晷、几易其稿写就。

可见文字功夫只是影响销量的其中一环，并非绝对正相关或是负相关。

如果我可以看到，出版商在营销方面投入的多与少，一定程度影响了销量，其实我就做到了适度外耗，给自己松绑。

我应该像那位作家嘉宾一样，只关注作品是否对得起自己，而不是聚焦于每日的销量。

众所周知，为自己优先于为别人，是女性主义的基本。这也是另一种“外耗”的表现：为自己而写，为自己的成长而喜悦，不为他人的臧否和盈亏而过度焦虑。

想明白这一点之后，我终于卸下重担，重新出发，轻装前行。

瘦尽烟花又一宵

01

我喜欢烟花，但烟花易冷。

一束烟花，十里相思，怀念是我生命中唯一的主题。

凝望夜空里盛放的烟花，绽开杏花春雨的往事，倾国倾城。

很小的时候我就明白，如果我手背后、脚并拢地认真听讲，老师就会很疼我。

何况我又聪明又乖巧，在那个偏僻破落的小幼儿园，是一个神奇的存在。

于是，我可以对班上最好看的女孩说："我们换座位，我要和阳阳同桌。"

阳阳也是成绩好而且听话的孩子，更为神奇的是，他是男孩子。

那个漂亮女孩大义凛然地说："谁要和你换！"

然后她做出一个重大决定，告诉老师。

之后，她就哭着鼻子搬到我的位子上，我则心安理得地坐在阳阳旁边。

很快我就发现，阳阳其实道貌岸然，他私下经常骂人，在老师面前却会装乖巧。

我在被他骂了 N 次后，下定决心，打算向老师汇报。

在他第 N+1 次骂我的时候，我飞毛腿般闪进办公室："老师，阳阳老骂我。"

老师正在喝水，笑着问我：“他骂你什么啊？”

“他说，他爱我。”

老师被水呛到，喷了我一裙子。

全办公室的老师都捧腹大笑。

我小时候深恨别人笑我，而且讨厌裙子被弄脏，于是，我不争气地号啕大哭。

老师赶忙安慰我说：“我批评他啊，不哭不哭。”

我幸灾乐祸地等待阳阳被批评，可直到期末他都安然无恙。

我一度质疑我“宠儿”的地位是否被撼动。

很久以后我才知道，那个老师，是阳阳的妈妈。

其实，他骂过我很多次，小气鬼、爱哭鬼、胆小鬼，很多很多。我有好多次机会可以揭发他，却偏偏选择了那次。

那次他说：“我爱你。”

风如何穿过，从肩头到心头的距离。烟花，这倾情一舞是否沉淀翩跹的一生？细看来，点点是离人泪。

02

我二年级时，妈妈调动工作，我们举家迁到繁华的市中心。

这使我关于小学的记忆，硬生生出现断层，仿佛烙在心上的巨大伤口。

当时，小学生很流行的游戏是扮演《还珠格格》中的角色，在新班级里，我只能当奴婢。

从“紫薇”到“明月、彩霞”的心理落差，我总难以承受。

尽管我依然拿着漂亮的成绩，却要讨好那个尖酸刻薄的女班长。

原先的小学要到三年级才学英语，我二年级就转了学，因此一天英语课都没上过。

可是新小学一年级就开始有英语课了，当我连 26 个字母都认不全的时候，新学校的小伙伴已经在学“thank you very much”。

我妈说，那会儿我半夜说梦话都在念“excuse me”。

功夫不负有心人，终于，到四年级时，我就当上了班里的英语课代表。

我从小就是这样一个不服输的女孩子。

但我的同学们永远只当我是“转学生”，一个外来的小姑娘。尽管我尽力讨好，却始终无法融入，奋斗到小学毕业，我也只奋斗到“晴儿”的角色。

我当时想，将来一定不能让我的孩子转学，这段经历太灰暗。

如果我继续生活在这样的角落，也许我一辈子都是冰冷的尘埃，但我爱烟花，我想像烟花那样成为焦点，闪耀地活着。

我渐渐长大，长成为一个心思细腻的豆蔻少女，在情窦初生的年华里，我听到漫山遍野的相思盛开的声音。

03

中学的时候，一个眉清目秀的男孩对我说，我们一起加油，一起考到北京去。

宿命般地，他的名字带了一个“阳”字，似曾相识。

他对我很好，在那个年纪里，有一种天真纯粹的赤诚。

他知道我讨厌淋雨，就每天在沉沉的书包里背着两把伞，背了整整一个夏天；别的男生开玩笑捉弄我，他要人家给我赔礼道歉；我迟到，被严厉的班主任批评，他在桌子下悄悄把早餐递给我。他给我唱歌，唱《月半弯》，很好听；我长跑永远不及格，他在 800 米体育测试时带着我跑完全程……

我的幸福像旗帜在猎猎风中张扬，每个人都看得到。

一场烟花，冷香飞上诗句。

是惜别的幽怨，还是承诺的约期？

他最终离开我，不留只言片语，只剩雪泥鸿爪。

没有告别的分离是痛心的，不能等待，亦不能离开。

我陷进回忆的沼泽，迷失了现实。

我太年轻，不够理智，向每个人倾诉我的苦楚、他的残酷，却并未换来同情与关心。

后来我明白，当你张扬幸福时，那些所谓的祝福里，包裹着刀光剑影的嫉妒。

从那时起，我发誓要变强大，因为没有人能永远给我保护。

事实证明，这些想法在那个年纪还算早熟。

在我心灰意冷的时候，他开始和我们班花走得很近。

我是矜持又敏感的女生，她和我却完全不同。

在楼道里，我撞见他们在一起。

放了学，女孩和闺密们叽叽喳喳地打闹，他就帮她收拾好书包，然后背起两个书包，站在门口笑着等她。

我那时每天都在想，怎么能不动声色地避开他们，眼不见心不烦。

后来我妈给我报了钢琴课，升学可以走特长生，我假借去琴房练琴的机会，很少去学校了。

再后来，我干脆在学校外面上文化课辅导班，我知道自己只是为了逃避。

在我还去学校的时候，班上有个执着的男生，经常悄悄地往我抽屉里塞零食和奶茶，默默地，不言不语。

我那时肤浅而偏执，不懂生活，更不懂感恩。

我心安理得地接受，我行我素地拒绝，把别人给我的伤又加给另一个人。

男孩素来忧郁，后来日渐郁郁寡欢。

有一日，我“良心发现”，难得温柔地对他说：“你不懂我，我们没可能。”

男生追问：“你喜欢怎样的爱？”

那时文艺，我说：“我喜欢烟花般的爱，落寞，璀璨，转瞬即逝。”

爱原本如此，天真幼年说“爱”，懵懂少年说“喜欢”，再长大一点，我们什么都不说，心照不宣地开始又结束一段段关系。

仿佛没有承诺，就不算违约。

正如烟花，孩童看到它的妖娆，青年看到它的易逝，长者看到它的苍凉沉寂。

我在还未长大前，慢慢变老。

04

升入大学，我总能收到一些告白短信和纸条，大约是我不漂亮但很有个性吧。

那时出现了一个男孩，非常聪明，待我也好，我和他顺理成章地走到一起。

周末，我和闺密在影院看电影，是一个惊心动魄的谍战片，看完已经晚上 10 点了，我有点害怕，闺密打电话找他，他二话不说来接我回家；我们学校组织接种结核疫苗，打完我过敏了，浑身发抖，请假回家，他也立刻跟老师请假，在全班同学的起哄声中送我回家；雨天路滑，我不敢骑车，他陪着我从家走到学校，迟到了一起挨罚。

我们一起上学放学，一起吃饭聊天，朝夕相处。

天际的烟花，仿若发自天籁的召唤。彼岸，灯火阑珊。

曾经浮华，曾经童话。

这段被所有人祝福的关系，却依然走向终结，水尽鹅飞。

我们太相似，总能洞若观火地看穿彼此光鲜的外表下高傲的孤独，或许形同陌路是最好的选择。

蓦然顿悟，我愿如烟花的灿烂，亦如烟花的无情。

许是曾经受伤，我说我要变得强大。

当我真正强大，却发现错过了更多的人。

光阴重重地落锁，雕镂下沧山泱水，斗转星移。

距离阳阳对我说的那句“我爱你”，已是10年踪迹10年心。

我听见夜来风雨声，却听不见瓣瓣凋零的思念知多少。

总有一些人，因爱而孤独，我只是过客，不是归人。

“向来缘浅，奈何情深”说的是，我仍是我，你仍是你，而我们却不再是我们。

后来，周杰伦有一首歌，叫《烟花易冷》，唱进了我心里。

繁华声遁入空门，折煞了世人。梦偏冷，辗转一生，情债又几本……雨纷纷，旧故里草木深。我听闻，你始终一个人……烟花易冷，人事易分。

瘦尽烟花，又一宵。

我渐渐长大，

长成为一个心思细腻的豆蔻少女，

在情窦初生的年华里，

我听到漫山遍野的相思盛开的声音。

等你共赴一场春天的花事

2024 年 8 月 11 日，我在西单图书大厦做新书发布会。一开始我担心现场空荡荡，没想到来了很多人，还有从外地（河北唐山、内蒙古呼伦贝尔、山西大同、山西太原等）专程赶来的读者。

我很普通，是你们的关注与鼓励为我镀上金身。

在互动环节，大家和我积极交流，我很激动，一度哽咽，以致无法再说下去。

以下，摘录读者问答环节的文字版，让感兴趣却没能来到现场的家人们，了解一下当时的情形。

如果大家喜欢这样的交流，我后续也会在视频号开直播，给大家解答心灵的困境、分享旅行和好物。

如果有想不开、过不去、放不下的心结，可以在公众号后台给我发私信，咱们直播时会隐去姓名，为大家解答困扰。如遇解答不了的，我也可以作为倾听的树洞。

加我微信、进读者群，或者私聊我都可以，我有时写稿不看手机，但看到后总会回复，知无不言。

生活不易，我们彼此陪伴，共渡难关。

Q1

你好，梦霁，我从来没有追过星，能拿起话筒也是很有勇气吧。我来自山西大同，2016 年看到你的《一生欠安》，第一篇是写鲁迅的妻子朱安，文章不长，但是三言两语就勾勒出一个生动的人物形象，直击我的心灵。

当时，和我一起看这本书的有两个好友，我们三人，一人买了一本，现在还时不时翻看。我关注了“北京图书大厦”公众号，上周它发布了你新书的签售会的信息，我第一时间发朋友圈，那两个小姐妹让我也帮忙买一下，我今天早早就过来了，买了三本新书。

希望通过读这本书，能拒绝精神内耗，勇敢起来。我在太原读了八年书，本科和硕士，今天特意过来支持一下小老乡，希望你以后的日子越来越好，有更好的作品呈现，谢谢！

答：

谢谢大家。很多读者是从《一生欠安》开始关注我、支持我，**其间过去的八年，人生没有多少个，但大家依然记得我、依然爱我，我总是感动。**

闺密说，我把自己的人生活成了一个真人秀，我从 21 岁起，就活在读者的视野里，我却一直很普通，没能做出更大的成绩、成为更好的作家，来回报读者。往后我只能更加努力，一定争取对得起读者，一定要坚持写作，不让大家失望。（哽咽）

（嘉宾补充）：

梦霁“出道”很早，20 岁出头就出版了 10 万册畅销书《一生欠安》。年少成名的好处是，我们每一个读者都可以看着她一点点蜕变，一点点成长，看着她求职、裸辞、失业，看着她相亲、结婚、独身，看着她一点一点走出迷茫和世俗评价体系，渐渐活出自己。这不是纸上谈兵，而是最好的实践和证明。

她的人生是一场漫长的真人秀，而我们每个读者，都有幸参与了对一个女作家的“养成系”观察纪实。我相信她会在文学领域取得更大的成就，也期待着那一天。

我给梦霁写过一篇文章，篇名叫《我的天才女友》，灵感出自《那不勒斯四部曲》，在我看来，梦霁就是一个很有天赋、很有灵性的女性，说是“天才女友”并不为过。

其实，在同龄人看来，梦霁已经非常成功了，22 岁出版第一本书，畅销 10 万册，去年又出了百万畅销书，但她一直很低调、很谦卑。**她一直在努力，不断成长，所以她每**

本书的价值，都是逐渐递增的。

不管我们是 10 岁、20 岁、30 岁还是 40 岁，都要拥有一颗年轻的心，永远都有重新出发的勇气。

Q2

您好，我是《中国青年报》的记者，姓李。我看您的书，特别感动，您在做的事，环游世界，就是我儿子最想做的事。他现在读高二，问我："妈妈，我为什么要去读大学呢？我的梦想是当个背包客，现在就去环游世界，做自己喜欢的事，搞摄影，写游记，给网站投稿，不好吗？"

我觉得，他最好是先读完大学，再实现梦想，挣钱也不是他想得那样简单。梦霁，你怎么看？他应该先读书完成学业，还是先环游世界享受人生？

答：

谢谢李老师的提问，我分享一点一家之言，仅代表个人看法。

早些年，我看白岩松的访谈，他说过这样一句话，对我影响深远：**“经济不能独立，人格就不能独立。”**如果想环游世界、享受人生，我建议建立在一个良好的经济基础之上，最起码，可以维持自己平凡简单的三餐四季的生活。

旅行不是为了出发，而是为了回家。当你结束旅程，把钱花完以后，最终还是要回到日常生活的。**如果没有独立生活的能力，没有把自己照顾好的能力，无论走多远，回家之后，你的世界还是一片破碎，一片废墟。**

所以，年轻人应该先把自己生活的秩序构建好，先实现经济独立，这个过程可能有些艰难和漫长，但它一定是有意义的，做好这些再去勇敢地迈出那一步。其实，出发真的很容易，难的是回来，回来以后更好地面对生活，不让自己的生活失重。

我会建议孩子，先把大学读完，真正把自己生活的秩序建立起来，而不是花着父母的钱，去环游世界，享受人生。这在我看来不是一种勇敢，更多的是年少的一种冲动。

但我觉得，年轻人有想法、有冲劲是值得鼓励的，在精神上我很支持大家有梦想、有抱负，但也要修炼自己，脚踏实地去拼搏，让自己有实力去支撑这些抱负。

Q3

非常开心我能来到这里，见到梦霁。这本书上市的第一时间我就买了，半天就看完了，梦霁的书经常让我觉得，一读就放不下了，当天看不完我就不想睡觉。

梦霁就像一颗星星，能够给人指引方向，她也是一个特别积极向上的人。今天我本来要上班，专门请了假过来，我觉得我也是勇敢的人，先享受世界、先见到偶像。（笑）

梦霁建议我们，每个人都建立一个“人生勇敢清单”，她说，我们每个人都要给自己制订计划，鼓励自己做想做的事，见想见的人，看完书，我立刻也列了清单，现在在实现的路上。

我特别喜欢梦霁说的一句话：“愿你是一枝玫瑰，有香也有刺。”我过去不会拒绝，但是看了梦霁的书，也看了她前几天的直播，我想通了，我不是人民币，做不到人人都喜欢，每个人都有自己的特点和爱好，拿我来说，我喜欢看书，但有的人不喜欢，道不同不相为谋。人有时候要坚持自我，做喜欢的事情，勇敢地去享受世界，享受生活。

梦霁从来不吝啬给我们分享她的过往经历，虽然有些悲伤，但她永远是向上的。**这样的作家是值得我们追随的。她就像我们生活中的一束光，会让我们越来越好。谢谢你给我们带来这么好的作品！**我会继续关注你，买你以后的每一本书。

答：

这个小姐姐是咱们读者群的读者，我记得你的头像，一眼就认出来了，前两天你跟我说要加班，没想到今天还是过来了。

没错，我很建议每个人都列一个自己的“人生勇敢清单”，我也在此列出几个在我看来需要勇气、通向自由的事。比如：去南极、坠入爱河、去100个城市旅行、离开不合适的人、生二胎、资助一个贫困的孩子……

从现在起，给自己写一封信，《写给五年后的自己》。我们每天疲于奔命，忙于应付眼下的生活，常常忘了初心，忘了理想。

我在美国黄石公园，买了一个小盒子，叫Dream Box，梦想之盒。小小一个，和戒指盒一样大，里面有一张小纸条，写着：“把最想实现的事写在纸条上，放在小盒里，每天睡前看一遍，你就永远会记得，自己想成为什么样的人，想过什么样的生活。”这个Dream Box一下就击中了我。

你要相信，只要你期盼、坚持，你永远有机会、有可能过上喜欢的生活，成为你喜欢的人。怕的是你忘了。

有人觉得勇敢是战胜了别人，但其实更多时候，勇敢是战胜了自己，战胜了自己的弱点、惰性、惯性。你每一次战胜自己，都会收获一些勇气，都会发自内心地更欣赏自己一点点。

我想，**人一定要活成让自己满意的人，或许不是家长满意的，不是社会赞许的，不是符合世俗意义的成功的人生。**但只要我自己满意，我自己开心，我认为这就是最成功的人生。也谢谢你给我的鼓励。

Q4

梦霁你好，我是今天第一次见你、听你说作品的新读者。听下来，我感觉你是一直在探索，一直在登攀的人。我想问，你在环游世界的路上，印象最深的是哪个国家或地区，这些经历对你的创作有什么影响？

答：

我的写作很多是非虚构，基于真实故事，环球路上遇见的风景、奇闻逸事一定会反哺我的写作。**古人说，读万卷书，行万里路。阅人无数，这是前辈留给我们的智慧；今天我们说，见天地，见众生，见自己，无论是不是创作者，能实现这三点，都是非常美好的人生。**

令我印象深刻的地方太多了，时间有限，给大家分享其中一个，埃及。前几年我刚来北京，去了世界公园，看到了“微缩景观”的金字塔，当时我就决定，如果将来有机会，一定要去真正的金字塔前，看看这到底是怎样一个伟大的建筑，到底会给我的心灵何种震撼。

今年我终于实现了梦想。但埃及是一个怎样的地方呢？

它拥有非常灿烂的文明、令人震撼的奇景，金字塔是由巨石一块一块堆叠而成，每个石头几乎都有一人高。

站在它面前，我深切地感受到人类个体的渺小，人类命运在宇宙间的微不足道。神庙、金字塔、洞穴教堂，它们以一种庞大的、磅礴的姿态赫然出现，你会感到一种历史的厚重，感到古埃及文明穿越千年，经久不衰的冲击与震撼。

但是另一方面，埃及人活得很辛苦，通货膨胀很严重。

我刚去的时候，人民币换埃及镑是 1 ： 7，走的时候，已经变成 1 ： 10。物价飞速上涨，这里的人民，月初发了工资，可以买得起生活用品，到月底可能就买不起了。

我接连两天在同一家餐馆吃饭，第二天比第一天，每道菜价都上涨了 20%。

人们过着这样的生活，我们很难要求他们变得伟大和善良。所以，街头有很多乞讨和偷窃的小孩，那样的幼童，本该纯真、率真、无忧无虑，却充满狡黠地假装给你拍照，然后死缠烂打着问你要钱。

在路边看到年龄三四岁的乞儿，我只是出于礼貌，对他微笑了一下，他就跟了我一路，疯狂要钱，我给了他一些零钱，他再要，甚至还喊了其他同伴。我不再掏钱，他们就狠狠地咒骂我。这样的生存境况，他们习以为常，我却真的很难过。

去过埃及的人都知道，尽管这里文明灿烂，建筑宏伟，但当地人的举止，却让每一个访客感到不适。

有一个比喻很精准。埃及就像一个特别美味的蛋糕，上面爬满了苍蝇，想吃到蛋糕，必须一刻不停地赶苍蝇。你刚把苍蝇赶走，准备下勺子，密密麻麻的苍蝇就又爬了上来，甚至在把蛋糕送到嘴边的途中，苍蝇还在围攻。但是，当你真正把蛋糕喂在嘴里的那一刻，你会觉得，它值得。

埃及是让我非常震撼的一个国家，希望有机会和大家分享更多。

Q5

你好，梦霁老师，我是昨天晚上专门从唐山赶过来的，在这里我想分享两点。第一点是，梦霁老师的人生经历，本身对我们来说就是一种鼓励。你在太原长大，去广州念书，又去北漂，读了中科院的研究生。22 岁游遍中国，30 岁环游世界，你的经历、你的奋斗、你的成败，全都坦然地写下来，对我们年轻人，就是一种鼓励。

第二点是，这是你的第五本书，前面四本我都看了，看到第三本，我觉得你的内心非常强大；看到第四本中你悲伤的过往，我内心深处又非常心疼，真的。最后，借此机会，我想跟梦霁老师说，**希望你在以后的日子里，一生平安。**

答：

非常感谢，也辛苦你从唐山赶来。一生平安，真的是非常美好的祝愿，希望我们每个人都能一生平安。

很多读者对我真的是不离不弃，一本一本地支持我，如果读过我的每一本书，也就对我的人生脉络非常清楚，不管是伤疤还是不幸，我都可以摊开来，给大家看，然后我们一起分析，一起避坑，一起成长。

我其实是一个非常普通的人，读普通的大学，做普通的事，因为一些运气能被大家认识。有人觉得我年少成名，应该很自负且有很多棱角，但我从来不会把自己看得很高，人始终要平视这个世界。

不惧落魄，不慕显赫，在你境况不好的时候，不必自卑落寞，在你春风得意的时候，也不要傲睨万物，俯瞰他人。人如果能有一颗平常心，宠辱不惊，不以物喜不以己悲，一

直平视这个世界，心态就会松弛一点。

谢谢大家对我写作的支持，希望我们都能成为勇敢的人，然后，共赴一场春天的花事。

附录　情绪词汇500词

这里收录了500个描述情绪的词汇，来自萨提亚家庭研究院，希望能帮你提升对情绪的感受力，让情绪的能量流动起来。

高兴：愉快而兴奋。

好受：感到心身愉快，舒服。

开心：心情快乐、舒畅。

快活：快乐。

快乐：感到幸福或满意。

庆幸：为事情意外地得到好的结局而感到高兴。

舒畅：开朗愉快，舒服痛快。

舒服、舒坦：精神上感到轻松愉快。

爽快：舒适痛快。

甜美：愉快、舒服。

甜蜜：形容感到幸福、愉快、舒适。

甜丝丝：形容感到幸福、愉快。

喜出望外：遇到出乎意外的喜事而特别高兴。

畅快：舒畅、快乐。

喜悦：愉快，高兴。

喜滋滋：形容内心很欢喜。

心花怒放：形容高兴极了。

心旷神怡：心情舒畅，精神愉快。

幸灾乐祸：别人遭到灾祸时自己心里高兴。

愉快：快意，舒畅。

愤慨：气愤不平。

愤怒：生气（激动到极点）。

恼火：生气。

气愤：生气，愤恨。

悲哀：伤心。

悲伤：伤心难过。

沉痛：深深的悲痛。

伤感：因感触而悲伤。

伤心：由于遭受不幸或不如意的事而心里痛苦。

痛苦：身体或精神感到非常难受。

惨然：形容心里悲惨。

痛心：极端伤心。

心酸：心里悲痛。

胆怯：胆小，畏缩。

胆战心惊：形容非常害怕。

发怵：胆怯，畏缩。

害怕：遇到困难、危险等而心中不安或发慌。

惊吓：因意外的刺激而害怕。

恐怖：由于生命受到威胁而引起的恐惧。

恐惧：惧怕。

受惊：受到突然的刺激或威胁而害怕。

心有余悸：危险的事情虽然过去了，回想起来还是感到害怕。

入迷、着迷：对人或事物产生难以舍弃的爱好。

入神：对眼前的事物发生浓厚的兴趣而注意力高度集中。

心醉：因极喜爱而陶醉。

仇恨：因利益矛盾产生的强烈憎恨。

敌视：当作敌人看待，仇视。

敌意：仇视的心理。

妒忌、嫉妒：对才能、地位、境遇比自己好的人心怀怨恨。

反感：反对或不满的情绪。

可恨：令人痛恨，使人憎恨。

可恶：令人厌恶恼恨。

厌恶：对人或事物产生很大的反感。

憎恨：厌恶痛恨。

别扭：不顺心。

不快：心情不愉快。

不爽：心情不爽快。

烦闷：心情不畅快。

难受：心里不痛快。

窝火：有委屈或烦恼而不能发泄。

窝囊：因受委屈而烦闷。

心烦：心理烦躁或烦闷。

厌烦：嫌麻烦而讨厌。

担心：放心不下。

担忧：发愁、忧虑。

发愁：因为没有主意或办法而感到愁闷。

犯愁：发愁。

忧虑：忧愁担心。

忧郁：愁闷。

压抑：对情感、力量等加以限制，使不能充分流露或发挥。

郁闷：烦闷，不舒畅。

无能感：觉得自己没有能力，不能干什么。

得意：称心如意，多指骄傲自满。

高傲：自以为了不起，看不起人。

狂妄：极度地自高自大。

体面：光荣、光彩。

优越感：自以为比别人优越的意识。

自大、自负：自以为了不起。

自豪：因为自己或与自己有关的集体或个人具有优良品质或取得伟大成就而感到光荣。

抱屈：因受到委屈心中不舒畅。

冤枉：1. 受到不公平的待遇，被加上不应该有的罪名。

2. 不值得，吃亏。

浮躁：轻浮、急躁。

急切：迫切。

急躁：碰到不顺心的事马上激动不安。

焦急：着急。

焦虑：着急忧虑。

心急：心里急躁。

心急火燎、心急如焚：心里急得像火烧一样，形容非常着急。

心切：心情急迫。

发慌：因害怕、着急或虚弱而心神不安。

恐慌：由于担心害怕而慌张。

心慌意乱：形容心神惊慌忙乱。

不好意思：害羞。

惭愧：因为自己有缺点或做错了事、未能尽到责任而感到不舒畅。

丢脸、丢人、丢丑：丢失体面。

害羞：因胆怯、怕生或做错了事怕人耻笑心中不安，难为情。

亏心：感觉到自己的言行违背正理。

愧疚：惭愧不安。

腼腆：害羞，不自然。

难堪：难以忍受，难为情。

难看：不光荣，不体面。

怕羞：怕难为情，害臊。

羞耻：不光彩，不体面。

羞辱：耻辱。

悔悟：认识到自己的过错，悔恨而醒悟。

忏悔：认识了过去的错误或罪过而感到痛心。

后悔：事后悔恨。

过意不去：心中不安，抱歉。

内疚：内心感觉惭愧不安。

吃惊：受惊。

好奇：对自己所不了解的事物觉得新奇而感兴趣。

惊讶：惊奇诧异。

震惊：大吃一惊。

警惕：对可能发生的危险情况或错误倾向保持敏锐的感觉。

怀疑：疑惑，不是很相信。

可疑：值得怀疑。

困惑：感觉疑难，不知道该怎么办。

迷茫：迷离恍惚。

为难：感到难以应付。

无所适从：不知道依从谁好；不知按哪个办法做才好。

敬仰：尊敬仰慕。

敬重：恭敬尊重。

佩服：感到可敬可爱，钦佩。

仰慕：敬仰思慕。

尊敬：重视而且恭敬地对待。

尊重：尊敬或重视（个人、集体或有关的抽象事物）。

赞赏：赞美赏识。

赞美、赞叹：称赞。

感动：思想感情受外界事物的影响而激动，引起同情或向往。

可怜：值得怜悯。

可惜：值得惋惜。

惋惜：对人的不幸遭遇或事物的意外变化表示同情、可惜。

心疼：疼爱，舍不得，惋惜。

怀念：思念。

牵挂：挂念。

想念：对景仰的人、离别的人或环境不能忘怀，希望见到。

藐视、蔑视：轻视、小看。

轻视：不重视，不认真对待。

如意：符合心意。

如愿：符合愿望。

顺心：合乎心意。

随心：合乎自己的心愿，称心。

随意：任凭自己的意思。

幸福：（生活、境遇）称心如意。

圆满：没有缺陷、漏洞，使人满意。

期待：期望、等待。

向往：因热爱、羡慕某种事物或境界而希望得到或达到。

悲观：精神颓丧，对事物的发展缺乏信心。

沮丧：灰心失望。

失落感：与遗失、丢失相关的感觉。

无望：没有希望。

心寒：失望而又痛心。

孤单：孤独。

孤立：不能得到同情或援助。

寂寞：孤单冷清。

乐观：精神愉快，对事物的发展充满信心。

烦躁：烦闷急躁。

惊喜：惊和喜。

苦闷：苦恼烦闷。

苦恼：痛苦烦恼。

受宠若惊：受到过分的宠爱待遇而感到意外的惊喜。

欣慰：喜欢而心安。

羞怯：羞涩胆怯。

忧伤：忧愁悲伤。

安宁：(心情)安定、宁静。

安然：没有顾虑，很放心。

安详：从容不迫、稳重。

安心：心情安定。

安慰：心情安适。

淡漠：没有热情、冷淡。

淡然：形容不经心，不在意。

放心：心情安定，没有忧虑和牵挂。

冷静：沉着而不感情用事。

漠然：不关心不在意的样子。

漠视：冷淡地对待。

宁静：心情安静。

轻松：不感到有负担，不紧张。

踏实：情绪安定、安稳。

坦然：形容心里平静，无顾虑。

心安理得：事情做得合理，对自己和别人都很坦然。

心静：心里平静。

心平气和：心里平和，不急躁，不生气。

镇定：遇到紧急的情况不慌乱。

镇静：情绪稳定或平静。

昂扬：情绪高涨。

冲动：情感特别强烈，理性控制很薄弱的心理现象。

鼓舞：兴奋、振作。

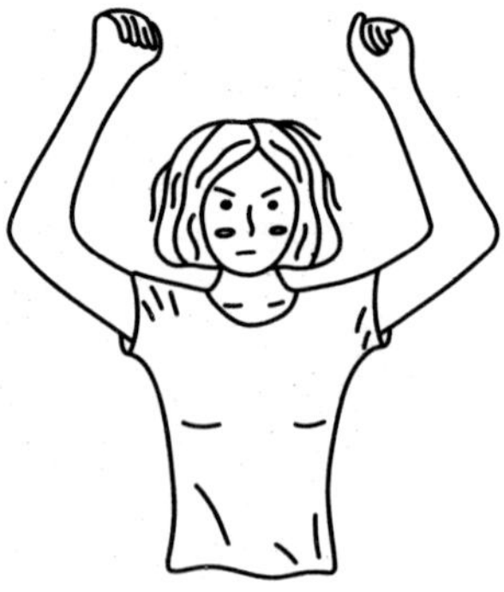

激动：感情因受刺激而冲动。

紧张：精神处于高度准备状态，兴奋不安。

兴奋：振奋，激动。

振奋：精神振作奋发。

振作：使精神旺盛，情绪高涨、奋发。

低沉、消沉：情绪低落。

心灰意懒、心灰意冷：灰心丧气，意志消沉。

沉甸甸：形容沉重。

放松：对事物的注意或控制由紧变松。

解气：消除心中的气愤。

恼羞成怒：由于羞愧怨恨而发怒。

气馁：失去勇气。

丧气：因事情的不顺利而情绪低落。

扫兴：正当高兴的时候遇到不愉快的事情而兴致低落。

扬眉吐气：形容被压抑的心情得到舒展而快活如意。

消气：平息怒气。

厌倦：对某种活动失去兴趣而不愿继续。

欢畅：高兴、痛快。

欢快：欢乐、轻快。

欢喜：快乐、高兴。

豁朗：心情开朗。

可喜：令人高兴，值得欣喜。

快意：心情爽快舒适。

宽畅：心里舒畅。

狂喜：极度高兴。

舒心：心情舒展，适意。

怡然：形容喜悦。

愉悦：喜悦。

愤激：愤怒而激动。

恼怒：生气，发怒。

激愤：激动而愤怒。

气恼：生气、恼怒。

盛怒：大怒。

震怒：异常愤怒，大怒。

悲苦：悲哀痛苦。

悲酸、悲辛：悲痛辛酸。

哀伤、哀戚：悲伤。

哀痛：悲伤、悲痛。

悲怆：伤心难过。

惨苦：凄惨痛苦。

苦涩：形容内心痛苦。

凄惨：凄凉悲惨（凄：形容悲伤难过）。

伤神：伤心。

酸楚：辛酸苦楚。

痛心疾首：形容痛恨到极点（疾首：头痛）。

辛酸：辣和酸，比喻痛苦悲伤。

诚惶诚恐：惊恐不安。

惶惶：恐惧不安。

惶惑：因不了解情况而害怕。

惊恐：惊慌恐惧。

惧怕、畏惧：害怕。

畏怯：胆小害怕。

心惊胆战：形容非常害怕。

心惊肉跳：形容担心祸患临头，非常害怕不安。

倾慕：倾心爱慕。

抱恨：心中存有恨事。

可憎：可恶。

痛恨：深切地憎恨。

痛恶：极端厌恶。

嫌怨：怨恨，对人不满的情绪。

嫌恶：厌恶（嫌：厌恶、不满意）。

嫌隙：因彼此不满或猜疑而产生的恶感。

嫌憎：嫌弃厌恶。

憎恶：憎恨，厌恶。

憋闷：由于心里有疑团不能解除或其他原因而感到不

舒畅。

憋气：窝火。

涔涔：形容烦闷。

烦扰：因扰乱而心烦。

糟心：因情况坏而心烦。

愁闷：忧虑烦闷。

穷愁：穷困愁苦。

殷忧：深深的忧虑。

沉郁：低沉郁闷。

阴郁：忧郁，不开朗。

自惭形秽：泛指自愧不如别人。

自馁：失去自信而畏缩。

怏然自足：形容自大的样子。

自得：自己感到得意或舒适。

自满：满足于自己已有的成绩。

自恃：过分自信而骄傲自满。

焦躁：着急而烦躁。

情急：因为希望马上避免或获得某种事物而心中着急。

心焦：由于希望的事情迟迟不实现而烦闷急躁。

烦乱：心情烦乱，思绪混乱。

纷扰：混乱。

如坐针毡：形容心神不宁。

忐忑不安：心神不定。

抱愧：心中有愧。

愧恨：因羞愧而自恨。

无地自容：形容非常羞惭。

羞人：感觉难为情或羞耻。

羞涩：难为情，态度不自然。

悔恨：懊悔。

失悔：后悔。

痛悔：深切地后悔。

追悔：追溯以往，感到悔恨。

自怨自艾：指悔恨。

歉疚：觉得对不住别人，对自己的过失感到不安。

诧异：觉得十分奇怪。

愕然：形容吃惊。

惊诧：惊讶诧异。

惊异：惊奇诧异。

崇敬：推崇尊敬。

景仰：佩服尊敬，仰慕。

敬慕：尊敬仰慕。

钦敬：敬重佩服。

心悦诚服：诚心诚意地服从或佩服。

悦服：从心里佩服。

尊崇：尊敬推崇。

赞佩：称赞佩服。

迷惑：辨不清是非，摸不着头脑。

迷惘：由于分辨不清而不知怎么办。

彷徨：犹豫不决，不知往哪个方向去。

疑忌：因怀疑别人而生猜忌。

哀怜：对别人的不幸遭遇表示同情。

怜悯：对遭遇不幸的人表示同情。

怜惜：同情爱护。

痛惜：深痛地惋惜。

挂念：因思念而放心不下。

牵肠挂肚：形容非常挂念，很不放心。

眷恋：对自己喜爱的人或地方深切地怀念。

渴慕：非常思慕。

贪恋：十分留恋。

鄙视、鄙夷：轻视，看不起。

侮蔑：轻视、轻蔑。

可人：可人意，使人满意。

惬意：满意，称心，舒服。

遂心、遂意：合自己的心愿，满意。

遂愿：满足愿望，如愿。

宜人：适合人的心意。

期求：希望得到。

望穿秋水：形容盼望恳切。

殷切：深厚而急切。

失意：不得志。

懊丧：因事情不如意而情绪低落，精神不振。

抱憾：心中存有遗憾的事。

惆怅：伤感失意。

落魄：潦倒失意。

惘然：失意的样子，心里好像失掉了什么东西的样子。

孤寂：孤独寂寞。

哀思：悲哀思念的感情。

哀怨：因委屈而悲伤怨恨。

悲愤：悲痛愤怒。

悲郁：悲伤忧郁。

怅恨：惆怅、恼恨。

怅惘：惆怅迷惘，心里有事，没精打采。

愁苦：忧愁苦恼。

仇怨：仇恨、怨恨。

愤恨：愤慨痛恨。

感愤：有所感触而愤慨。

戒惧：警惕而畏惧。

惊疑：惊讶疑惑。

敬畏：既敬重又害怕。

快慰：痛快而心里感到安慰、欣慰。

愧痛：因羞愧而感到痛苦。

闷倦：烦闷厌倦，无精打采。

恼恨：生气和怨恨。

恼人：令人感觉焦急烦恼。

虔诚：恭敬而有诚意。

清爽：轻松爽快。

危惧：担心害怕。

衔恨：心中怀着怨恨或悔恨。

欣幸：欢喜而庆幸。

羞愤：羞愧和愤怒。

疑惧：疑虑而恐惧。

疑虑：因怀疑而顾虑。

忧烦：忧愁烦恼。

忧愤：忧闷愤慨。

忧惧：忧虑害怕。

忧闷：忧愁烦闷。

怨愤：怨恨愤怒。

厌弃：厌恶而嫌弃。

宽慰：宽解安慰。

索然无味：没有意味，没有兴趣的样子。

泰然：形容心情安定。

闲适：清闲安逸。

自在：安闲舒适。

激昂：情绪激动昂扬。

激奋：激动振奋。

激越：情绪强烈、高亢。

亢奋：极度兴奋。

忘情：不能节制自己的感情。

颓废：意志消沉，精神萎靡（颓：萎靡）。

颓靡：颓丧，不振作。

颓丧：情绪低落，精神萎靡。

颓唐：精神萎靡。

萎靡：精神不振，意志消沉。

解恨：消除心中的愤恨。

宽心：解除心中的焦急愁闷。

如释重负：像放下重担一样，形容心情紧张后的轻松愉快。

吐气：发泄出积在胸中的委屈或怨恨而感到痛快。